O QUADRO DA MENINA DE AZUL

SUSAN VREELAND

O quadro da menina de azul

Romance

Tradução
Luciano Vieira Machado

COMPANHIA DAS LETRAS

Publicado com permissão de MacMurray
and Beck, Denver, Colorado — EUA

Título original
Girl in hyacinth blue

Capa
Angelo Venosa
sobre *Mulher de azul lendo uma carta*, de Johannes Vermeer,
c. 1662-63. Rÿksmuseum, Amsterdã

Revisão
Isabel Jorge Cury
Alexandra Costa da Fonseca

Dados Internacionais de Catalogação na Publicação (CIP)
(Câmara Brasileira do Livro, SP, Brasil)

Vreeland, Susan
O quadro da menina de azul / Susan Vreeland ; tradução de Luciano Vieira Machado. — São Paulo : Companhia das Letras, 2002.

Título original: Girl in hyacinth blue.
ISBN 85-359-0207-4

1. Romance norte-americano I. Título.

02-6418 CDD-813.5

Índices para catálogo sistemático:
1. Romances : Século 20 : Literatura norte-americana 813.5
2. Século 20 : Romances : Literatura norte-americana 813.5

[2002]

EDITORA SCHWARCZ LTDA.
Rua Bandeira Paulista 702 cj. 32
04532-002 — São Paulo — SP
Telefone (11) 3167-0801
Fax (11) 3167-0814
www.companhiadasletras.com.br

Para os médicos Scott Godfrey
e Peter Falk.

Agradecimentos

"Love enough" ("Tanto amor") foi publicado originalmente sob o título "Love burning" na *New England Review*, "A night different from all other nights" ("Uma noite diferente de todas as outras") na *Missouri Review*, "Morningshine" ("Luz da manhã") em *So to Speak*, e "Magdalena looking" ("O olhar de Magdalena") em *Confrontation*.

A autora agradece a Barbara Braun, Greg Michalson, Fred Ramey, C. Jerry Hannah e ao Asilomar Writers Consortium.

Tu, ó ainda imaculada noiva da quietude
Tu, filha adotiva do Silêncio e da Morosidade...
Tu, forma silenciosa! Tu nos empolgas e nos
[apartas de todo pensamento
Como o faz a eternidade.

John Keats, 1819

Sumário

Tanto amor

Cornelius Engelbrecht inventou a si mesmo. Permitam-me que esclareça, de imediato, que ele não é bem o que eu chamaria de um amigo. Eu o conheço o bastante, porém, para dizer que projetou deliberadamente a si mesmo: solteiro, discreto no vestir, professor de matemática, responsável pelo clube de xadrez, amistoso com todos mas não propriamente amigo de quem quer que seja; uma pessoa ansiosa para passar despercebida. Não obstante, essa suavidade para consumo externo escondia um interior turbulento, e por alguma razão isso só ficou claro para mim mais tarde, quando Cornelius Engelbrecht me revelou a obsessão secreta que havia por trás de seu projeto sóbrio e metódico.

Foi depois do funeral de Dean Merrill que comecei a entrever o coração nu de Cornelius. Todos ficamos consternados com a morte súbita de Merrill, uma perda que nos lançou numa intimidade temporária pouco comum na cantina de nosso pequeno colégio para rapazes, mas não foi o choque ou o fato de Cornelius ter começado a beber naquela tarde nevosa no

Penn's Den, para onde fomos depois do funeral, que o fez abandonar sua estratégia de discrição. Alguém à mesa comentou as misteriosas últimas palavras de Merrill, "tanto amor", palavras que agora me espicaçam tanto quanto a acusação de que fui conivente e de que o encorajei, mas que à ocasião me pareceram inócuas. Começamos a falar de últimas palavras de pessoas famosas e de parentes nossos, e Cornelius abaixou a cabeça e fixou o olhar em sua cerveja preta. Só notei porque o acaso nos colocara frente a frente, na mesa.

Ele falou mais para sua cerveja que para qualquer um de nós. " 'Um olho como uma pérola azul' foi o que meu pai disse. E então morreu. Durante a primeira nevada do inverno, exatamente assim."

Cornelius tinha um rosto que eu sempre associara ao retrato do duque de Urbino pintado por Piero della Francesca. Era por causa da forma do nariz, estreito mas bastante protuberante, que propiciaria um bom apoio para os óculos que ele não usava. Ele parecia um homem perturbado por um mistério ou preocupado com um dilema moral ou intelectual tão absorvente que o fazia sentir-se superior, acima dos colegas cujas preocupações eram o pneu do carro ou a gripe do filho. Sempre que nossa conversa se voltava para assuntos banais, ele ficava distante, como se estivesse meditando sobre algo muito mais substancial, o que dava ao seu sorriso calmo um ar de indulgência.

"Olho como uma pérola azul? O que significa isso?", perguntei.

Ele examinou meu rosto como se estivesse me avaliando segundo algum critério particular. "Não posso explicar isso, Richard, mas posso mostrar-lhe."

Com efeito, ele insistiu para que eu fosse à casa dele naquela noite, o que era absolutamente incomum. Eu nunca o vira insistir em nada. Aquilo iria atrair a atenção para ele. Acho que o "tanto amor" de Merrill o tocara de alguma maneira, ou ele imaginava que haveria de me tocar. Como disse, não sei por que me escolheu, a menos que tenha sido pelo simples fato de eu ser o único artista ou professor de arte que ele conhecia.

Ele me levou por um corredor a um espaçoso escritório com pilhas de livros, a porta curiosamente fechada a chave, ainda que morasse sozinho. A sala, permanentemente fechada, era tão fria que ele acendeu a lareira. "Não costumo receber visitas", explicou ele, e me convidou a sentar na única poltrona, cara, de couro cor de ameixa e encosto alto, junto da lareira e de frente para a pintura. Uma pintura extraordinária na qual uma menina usando uma túnica curta, azul, sobre uma saia cor de ferrugem, estava sentada a uma mesa, de perfil, perto de uma janela aberta.

"Meu Deus", eu disse. Deve ter sido exatamente o que ele esperava ouvir, pois aquilo o fez prorromper numa série de instruções em voz alta.

"Olhe. Olhe o olho dela. Como uma pérola. Vermeer tinha predileção por pérolas. A nostalgia da expressão do rosto. E olhe a luz de Delft que vem da janela, banhando a fronte." Ele puxou o lenço e, com todo o cuidado para não roçar a tela, passou na moldura, embora eu não tivesse visto nenhuma poeira. "Veja aqui", prosseguiu. "A graça de sua mão, descansada, a palma voltada para cima. Como ele consagrou um momento único ao pintar essa mão. Mas mais que isso..."

"Notável", disse eu. "Sem dúvida executado no estilo de Vermeer. Uma encantadora imitação."

Cornelius colocou as mãos no braço da cadeira e inclinou-se para mim a ponto de eu sentir sua respiração em minha testa. "É um Vermeer", sussurrou.

Reagi com veemência à idéia, ao absurdo de sua convicção. "Muitos quadros foram feitos no estilo de Vermeer e de

Rembrandt. Escola de Rubens e coisas do tipo. O mundo da arte está cheio de imitadores."

"É um Vermeer", repetiu ele. O tom solene de sua voz fez que eu desviasse os olhos do quadro para fitá-lo. Ele parecia estar mordendo as bochechas por dentro. "Você não acha?", perguntou ele, enquanto levava a mão ao peito.

"É que existem tão poucos." Aborrecia-me ter que desiludir o homem.

"Sim, com certeza muito poucos. Muito poucos. Ele pintou no máximo quarenta telas. E só foram localizadas de trinta a trinta e cinco. *Welk een schat! En waar is dat alles gebleven?*"

"O que significa isso?"

"É só o lamento de um historiador da arte holandesa. Para onde teria ido esse tesouro, ou coisa assim." Ele se voltou para nos servir um conhaque. "Então por que não poderia ser? É a mesma janela abrindo-se para dentro da casa, à esquerda, que ele usou tantas vezes, a mesma luz amarela e suave. Repare nas figuras da tapeçaria que cobre a mesa. É a mesma que se vê em outras nove pinturas. A mesma cadeira espanhola com remates em forma de leão que ele usou em onze telas, os mesmos cravos de metal aplicados sobre o couro. Os mesmos ladrilhos pretos e brancos dispostos obliquamente no piso."

"O tema, por si só, não constitui prova de autenticidade."

"Certo, mas considero você um fino observador. Você é um artista, Richard. Com certeza você percebe que o assoalho sofre a mesma distorção dos ladrilhos de seus primeiros trabalhos, como A *aula de música*, com datação aproximada entre 1662 e 1664, ou *Moça com o copo de vinho*, de 1660."

Eu nunca poderia imaginar que ele sabia tudo aquilo. Ele desfiava seu conhecimento como um livro-texto. Ora, eu também podia fazer o mesmo. "Isso também pode ser uma prova de que foi feito por um imitador inferior, ou por Van Mieris ou ainda De Hooch. Todos eles representaram pisos de ladrilhos. A Holanda era forrada de ladrilhos."

"Sim, sim, eu sei. Mesmo Jorge III achava que *A aula de música* era um Van Mieris quando o comprou, mas nem um rei pode fazer com que o seja. É um Vermeer." Ele sussurrou o nome.

Eu não sabia o que dizer. Era por demais implausível.

Ele retirou os livros e os papéis do canto de sua grande escrivaninha de carvalho, apoiou-se nela e inclinou-se para mim. "Estou vendo que você ainda duvida. Observe, se quiser, as várias gradações do fundo. Dê uma olhada na cesta de costura colocada na mesa, em primeiro plano, como ele sempre fazia, aliás, quase como um obstáculo entre o observador e a figura. Sua textura é difusa, levemente fora de foco, mas o rosto da menina é apresentado com perfeita nitidez. Observe a rendilha da borda de sua touca. Tudo é muito preciso, como se vê naquela pintinha em sua têmpora. E agora observe o copo de leite. Contornos suaves, e o mapa na parede apenas sugerido. Concorda?"

Fiz que sim com a cabeça, mais por causa de sua ansiedade que por estar de acordo.

"Pois bem, ele fez o mesmo em *A rendeira*, 1669. O que me leva a supor que ele foi pintado entre 1665 e 1668."

Senti seus olhos fixando-me intensamente enquanto eu examinava a pintura. "Você reuniu um grande volume de informações. Há uma assinatura?"

"Não, não há assinatura. Mas isso não era incomum. Muitas vezes ele deixava de assinar seus trabalhos. Além disso, ele tinha pelo menos cinco estilos de assinatura. No caso de Vermeer, a assinatura não constitui uma prova conclusiva. A técnica, sim. Observe a direção da pincelada, os minúsculos sulcos deixados pelos fios do pincel. Eles têm um lado claro e um lado escuro. Olhe para qualquer outro ponto. Você vai encontrar camadas sobrepostas de tinta, não mais espessas que um fio de seda, que dão uma diferença mínima de matiz. É isso que faz um Vermeer."

Andei em direção à pintura, tirei os óculos para vê-la de perto, e era como ele tinha dito. Se eu movia a cabeça para a direita ou para a esquerda, determinadas pinceladas mudavam sutilmente de tom. Como era difícil conseguir aquilo. Em outros pontos a superfície era tão lisa que se tinha a impressão de que a cor flutuava na tela. Súbito, surpreendi-me respirando mais depressa. "Você não o submeteu a uma avaliação? Conheço um professor de história da arte que poderia vir e dar uma olhada."

"Não, não. Prefiro que o quadro não seja conhecido. Por uma questão de segurança. Eu só queria que você o visse, porque você sabe apreciá-lo. Não conte para ninguém, Richard."

"Mas se ele tivesse sua autenticidade reconhecida pelos especialistas... ora, o valor seria astronômico. Um Vermeer recém-descoberto causaria um grande impacto no mundo da arte."

"Eu não quero causar impacto no mundo da arte." Os vasos de sua têmpora pulsavam, quer por convicção quanto à autenticidade do quadro, quer por algum outro motivo. Eu não sabia.

"Desculpe a minha indelicadeza, mas como você o adquiriu?"

Ele fixou em mim um olhar duro. "Meu pai, que sempre teve um olho muito bom para belas-artes, o adquiriu, vamos dizer assim, num momento bastante favorável."

"Uma venda de espólio ou um leilão? Nesse caso deveria haver documentos."

"Não. Nenhum Vermeer foi leiloado depois da Primeira Guerra Mundial. Digamos apenas que ele foi adquirido num negócio privado. Por meu pai, que o deu a mim quando morreu." A linha de seu maxilar endureceu. "Portanto não há nenhum registro, se é nisso que está pensando. E nenhuma escritura de venda." Sua voz tinha um estranho tom de desafio.

"A procedência?"

"Há muitas possibilidades. A maioria dos trabalhos de Vermeer passou pelas mãos de um certo Pieter Claesz van Ruijven, filho de um rico cervejeiro de Delft. Acho que não é o caso deste. Quando Vermeer morreu, deixou sua mulher com onze filhos e um montão de dívidas. Quinhentos florins de gêneros alimentícios. Mais uma dívida de roupas, pela qual o comerciante Jannetje Stevens recebeu vinte e seis quadros. Mais tarde eles foram recomprados pela viúva, mas apenas vinte e um foram leiloados na liquidação de seu patrimônio. Quem ficou com os outros cinco? Artistas ou negociantes da Guilda de São Lucas? Vizinhos? Familiares? Este quadro pode ser um daqueles. E dos vinte e um apenas dezesseis foram identificados. Para onde foram os outros? Aí temos outra possibilidade. Além disso, um padeiro, Hendrick van Buyten, ficou com dois deles, por conta de uma dívida de pães no valor de seiscentos e dezessete florins. Alguns acreditam que Buyten já tinha adquirido outros dois antes."

Eu tinha que ter cuidado para não me deixar envolver. O simples fato de Cornelius saber muita coisa sobre Vermeer não queria dizer que seu quadro fosse do pintor.

"Mais tarde, ele poderia ter sido vendido como um De Hooch, cujo trabalho era mais valorizado na época. Ou pode ter sido acrescentado como um *puyk* extra, uma espécie de brinde, na venda de uma coleção de obras de De Hooch ou de Van der Werff, ou ainda ser um dos itens na liquidação do espólio de Pieter Tjammens em Groningen."

Agora ele me ultrapassara de longe. Que tipo de pessoa sabia aquele tipo de detalhe?

"Os documentos registram apenas 'um leilão de interessantes quadros de mestres importantes como J. van der Meer, realizado bem longe da capital'. Há muitas possibilidades."

Tudo aquilo jorrava dele como um dilúvio. Um professor de matemática! Inacreditável.

Mas a questão de como seu pai tinha conseguido o quadro ele evitou com toda habilidade. Eu não o conhecia bem o bastante para insistir sem me tornar inconveniente. Ignorando aquilo que ele cuidadosamente omitia, eu não podia acreditar que o quadro fosse autêntico. Terminei de tomar meu conhaque, tratei de me despedir, com toda a delicadeza, pensando comigo mesmo: e se não for um Vermeer? O quadro é primoroso. Deixemos que o sujeito faça bom proveito.

Seu pai. Com certeza tinha o mesmo nome. Engelbrecht. Alemão.

Por que era tão importante que eu concordasse? Deve haver alguma coisa muito importante pendente.

Fui para casa, tentando tirar tudo aquilo da cabeça, mas o rosto da menina permaneceu.

O funeral de Merrill, no dia anterior, fez com que Cornelius se pusesse a meditar. Não especificamente sobre Merrill. Sobre a imprevisibilidade do fim de alguém, e sobre o que permanece sem perdão. E sobre seu pai. A neve cobrira o caixão de seu pai também — no início manchas pequenas, que depois foram se juntando, depois se acumulando até o caixão se transformar num alvo pão de açúcar. Do que foi dito na cerimônia fúnebre de Merrill, as palavras do pastor de rosto empapuçado, "Devemos levar em conta a medida de um homem", eram a única coisa de que se lembrava.

Cornelius tinha que admitir, em honra de seu pai, que Otto Engelbrecht era um pai cumpridor, quase sempre severo mas com súbitas efusões de ternura à época da infância de Cornelius em Duisburg, próximo à fronteira com a Holanda. Naquela solitária tarde de domingo, com a neve ainda caindo mansamente, Cornelius, lendo em sua grande cadeira de couro, levantou os olhos da página e tentou evocar sua lembrança mais remota do pai. Deve ter sido a de seu pai lhe dando o pequeno moinho de madeira que trouxera da Holanda. Ele tinha pás pintadas de azul que giravam e uma portinha vermelha, sem uma dobradiça, que abria mostrando uma minúscula família de madeira em seu interior.

Lembrou-se de como o pai passava as tardes de domingo com ele, o único filho: levava-o ao zoológico de Dusseldorf, dava-lhe ele próprio aulas de trompete, puxava-o num trenó pelas vizinhanças. Lembrava-se de como, quando ficava gripado, o pai cobria sua mãozinha com a dele e colocava-a no bolso. Ele lhe ensinara estratégias de xadrez, fazendo-o memorizá-las; explicara-lhe, num museu holandês, a razão dos céus atormentados de Van Gogh, o gênio dos rostos de Rembrandt e, quando se mudaram para a América, em função de sua crença de que se devem aproveitar os momentos oportunos, o pai o levou para ver os Yankees no estádio Yankee. Esses fatos Cornelius considerava agora apenas como as boas intenções de uma vida fragmentada e recomposta.

Mais tarde, na Filadélfia, ficava embaraçado com o nervosismo de seu pai sempre que ele trazia para casa um amigo de escola, e entendia apenas muito vagamente a ordem sombria: "Se perguntarem, diga que somos suíços, e nem mais uma palavra". Quando passou a trazer para casa amigos da universidade, seu pai tinha mudado o quadro para o escritório e colocara uma fechadura, escondendo-o com uma exultação de avarento. A expressão de satisfação do pai, sempre que olhava para o quadro — com as mãos cruzadas às costas, balançava-se na ponta dos pés, depois nos calcanhares —, tornou-se, por algum tempo, motivo de náusea para ele.

Depois que sua mãe morreu, seu pai, aposentado e inquieto, decidiu cuidar da horta da mulher. Cornelius lembrou-se então da sofreguidão com que se curvava para arrancar toda e qualquer erva daninha que brotasse entre as leiras de couve-flor e de repolho. Ele precisava ser tão desassossegado? Não podia deixar uma delas crescer e depois dizer que não sabia como a deixara escapar? Cheio de entusiasmo, ele plantava, regava, oferecia sacolas de verduras e legumes aos vizinhos.

"Que tomates lindos", admirou-se uma mulher.

"Hoje em dia a gente não encontra um tomate de qualidade no supermercado." Sorrindo, ele colocou mais alguns na sacola da mulher.

"Nós tivemos uma horta como essa para ajudar no esforço de guerra", disse ela, e Cornelius o viu murchar.

Seria a Luger do pai — tornada gigantesca em sua mente, golpeando a mão de uma mulher que queria pegar um pãozinho, enquanto era empurrada para fora da própria cozinha — o que estava vendo agora?

A fronteira entre a lembrança e a imaginação confundira-se por anos de intensa ruminação, de leituras aterrorizantes, um livro após o outro sendo devorado com sofreguidão — histórias, relatos pessoais, diários, documentos, romances de guerra —, e Cornelius agora não podia dizer com certeza que partes ele lera, que partes ele ouvira, às escondidas, de seu pai, o lugar-tenente Otto Engelbrecht, quando este contou ao tio Friederich sobre o Raide dos Dois Mil, que ficou conhecido para os historiadores como a Quinta-Feira Negra, 6 de agosto de 1942.

Do anoitecer até a meia-noite, eles os arrastaram de suas casas; essa ordem foi dada, segundo os historiadores, porque muito poucos judeus convocados para deportação estavam se apresentando na estação, e o trem para Westerbork tinha que sair cheio. Em meados de agosto eles mudaram para a zona sul de Amsterdã, uma área mais próspera. Em setembro ainda permaneciam lá, transportando-os para a Zentralstelle, na praça Van Scheltema.

Exatamente como na linha de montagem da fábrica de Duisburg. Vinda de algum lugar, a voz de seu pai.

O resto era uma mistura confusa de palavra impressa e falada, amplificada pelo trabalho de sua imaginação. Ele repassava mentalmente as lembranças de Duisburg, quando descera as escadas sorrateiramente depois de ter ido para a cama e ouvira seu pai contando ao tio Friederich a história que ele, um menino de dez anos, não entendera na ocasião. Dessa vez ele evocou a cena como se seu pai, depois de exagerar no uísque e enfatuado por um xeque-mate seguido de muitas perdas para Friederich, disse ao irmão, quando ainda era seguro falar dentro dos círculos familiares: "Você tem que perceber as oportunidades e aproveitá-las imediatamente. É assim que se faz. E se não for possível resolver de um só golpe, faça um plano. Como no caso daquele quadro. Quando meu ajudante-de-ordens descobriu um aparelho de chá de prata na sala de jantar de uma família judia, ele fez um movimento para embolsá-lo. No momento errado. Tive que impedi-lo. Propriedade do Führer".

Cornelius lera sobre aquilo, sobre a van que ia acompanhando a operação no dia seguinte, rua a rua, para pegar os pertences dos judeus mais pobres e levá-los para o Hausraterfassung, o Departamento de Apropriação de Bens Domésticos.

"Foi aí que eu vi este quadro, por trás da cabeça do ajudante-de-ordens. Cheio de azuis e amarelos e marrons avermelhados, translúcido como laca. Tinha que ser um mestre holandês. Justamente naquela hora um soldado achou um menininho embaixo das toalhas de mesa, por trás de alguns pratos num guarda-louças. Por pouco não o deixamos escapar. Meu ajudante olhou para mim, cheio de censura pelo fato de eu poder cometer um deslize daquele e me descuidar. Valendo-se de qualquer pretexto — o quadro, por exemplo, ou minha reprimenda —, ele podia até me denunciar."

O que sempre ressoava em sua mente, junto com o barulho de pratos sendo quebrados, Cornelius nunca iria saber ao certo se era uma lembrança ou sua própria imaginação inflamada: "Então eu taquei a bota no traseiro sujo do menino judeu. Mas tive o cuidado de anotar o número da casa".

O que aconteceu em seguida não é difícil de imaginar. Logo que eles entregaram sua quota, à uma ou às duas da madrugada — enquanto outros judeus ainda permaneciam quietos em seus esconderijos e as ruas estavam silenciosas e vazias —, seu pai voltou. O quadro ainda estava lá, pendurado na parede apesar do decreto 58/42, reproduzido nos livros de história: "Todas as coleções de arte de judeus devem ser entregues à *holding* Lippmann & Rosenthal", Mas no caso não se tratava de uma coleção, apenas de um único quadro, exposto de uma forma que denotava ostentação ou ignorância. O que teria pensado seu pai? Que o quadro merecia ser levado? E então a voz de seu pai continuaria ecoando através dos anos: "Quando cheguei lá, o serviço de chá já tinha sumido".

Evocar as mesmas visões que seu pai tivera, que ele esperava que seu pai tivesse tido, mantinha Cornelius acordado durante a noite, enchia seus sonhos com a orgia do saque, mães escolhidas aleatoriamente enfileiradas para morrer, a dor desvinculada do pecado, a fumaça atravessando as sebes e encobrindo as janelas dos lares cristãos, dentes de crianças como pérolas queimadas. Exaltado pela imaginação, ele lia feito um fanático sobre dois assuntos: arte holandesa e a ocupação alemã da Holanda. Apenas um lhe dava prazer. Apenas um poderia apagar a imagem do chapéu, das botas e da Luger de seu pai.

Compelido pela necessidade de saber, em certo verão Cornelius viajou a Amsterdã. Ele evitou a praça Van Scheltema, foi direto ao Rijksmuseum, examinou ofegante as obras de Vermeer e, numa tarde deliciosa, convenceu-se da autenticidade do troféu de sua família ao ver finas camadas de tinta aplicadas em pinceladas com pequenos sulcos que produziam luz e sombra na manga azul de uma mulher lendo uma carta, exatamente como na manga de sua menina com a cesta de costura. Alguns dias depois ele foi a Haia. No Museu Real de Pintura do Mauritshuis, viu pontos de luz rósea nos cantos da boca aberta e nos olhos da moça de Vermeer com um chapéu de penas vermelhas, pontos iguais aos de sua menina com a cesta de costura. Nos bolorentos arquivos municipais de Delft, Amsterdã, Leiden e Groningen, vasculhou velhos documentos e registros de liquidação de espólios. Encontrou apenas possibilidades, nenhuma prova irrefutável. Não obstante, a prova estava nos museus — as semelhanças eram inegáveis. Ele voltou correndo para casa, entesourando sua convicção como uma jóia roubada.

"É sim, é sim", disse ele ao pai.

Então veio o sorriso que rasgou a face de seu pai. "Eu sabia que tinha que ser."

Juntos, esquadrinharam cada centímetro quadrado do quadro, rendendo-se mais uma vez aos seus encantos, ainda que o encantamento não fosse suficiente para calar a verdade que Cornelius não podia mais negar: se o quadro era autêntico, também o era a abominável pilhagem de seu pai. Ele não tinha nenhum outro meio para adquiri-lo. Agora que Friederich e sua mãe já se tinham ido, apenas duas pessoas no mundo sabiam, e isso, mais as imagens gêmeas de seus sonhos, ligava-os, quisessem eles ou não, num duplo parentesco.

Certa vez começou a contar a outra pessoa, sua ex-esposa, que riu quando ele disse que se tratava de um Vermeer. Riu e perguntou como seu pai o conseguira, e ele não podia responder, e o riso dela ressoou em seus ouvidos por muito tempo. A mulher afirmava que depois daquilo ele ficara frio com ela, e um ano depois foi embora, dizendo que ele amava mais as coisas que as pessoas. A possível verdade dessa acusação atormentava-o, como tudo o mais.

Depois que seu pai sofreu o derrame cerebral, quando o dinheiro do quadro poderia instalá-lo confortavelmente numa casa de repouso, Cornelius se angustiou. Mesmo uma sondagem com um *marchand* corria o risco de trazer os agentes de Israel para as portas de seu pai, com armas e documentos de extradição negociados eficientemente pelo Centro Judaico de Documentação, que atua em nível internacional, e com uma passagem de avião só de ida para Jerusalém, cortesia do Mossad. Mais de mil tinham sido caçados até então, e não apenas Reichskommissars ou comandantes da SS, por isso Cornelius voltou para casa para cuidar dele.

Finalmente, quando passara o tempo em que ele levava o pai às tardes, na cadeira de rodas, de banho tomado e barbeado, para tomar sol no jardim, quando o aguilhão da dor já penetrava a barreira de proteção erguida pelas drogas, seu pai murmurava fragmentos de palavras em alemão, a língua que ele deixara para trás. Num quarto que exalava o cheiro da agonia, um cheiro que seu pai, Cornelius sabia, era capaz de reconhecer, Otto sussurrou: "Traga o quadro para cá".

Quando ambos perceberam que o fim estava próximo, Cornelius ouviu a voz débil do pai: "Só me juntei a eles pela oportunidade de estabelecer amizades duradouras com pessoas que estavam ascendendo socialmente".

Cornelius deu um meio riso, pôs uma colherada de gelo triturado entre os lábios ressecados do pai.

"Eu só vi os trens. Era a única coisa que eu sabia."

Ele limpou com um pano um fio de baba do queixo do pai e esperou que sua respiração, suspensa pela indecisão, voltasse.

"Nossa função era apenas despachá-los. Mandá-los de um

endereço para outro. O que acontecia no outro extremo não era da minha conta."

Certo. Claro. O caminho do trem é por aqui. Cuidado, senhora. Cuidado com o degrau. Cornelius viu o sulco de dor na fronte do pai. Como ele mereceu viver por tanto tempo?

"A idéia de me opor ou de me furtar a ordens nunca passou pela minha cabeça."

Exatamente.

Como uma cobra na época da muda, pensou Cornelius, seu pai fazia esforços patéticos para largar a pele do pecado e voltar a tempo ao cerne da sua inocência. Mas na última manhã, com a névoa sombria da nevasca se aproximando, veio a verdade de sua mágoa: "Eu nunca consegui chegar a um alto posto".

Aquilo permitiu a Cornelius fazer um enterro barato. Sem nota de falecimento. Aquilo não era uma crueldade, disse ele para si mesmo. Digamos que foi uma cerimônia comemorativa, destinada a subtrair ao mundo o seu triunfo pela ignomínia, mas, pelo próprio caráter particular do ritual, se frustrou. Ele fez o melhor que pôde, isto é, enquanto seu pai estava vivo, fez o que pôde, tirou de si tudo o que lhe foi possível. Ninguém podia dizer o contrário. Sozinho no mesmo escritório, sentado na cadeira de couro do pai — cadeira que, agora ele constatava, surpreso, tinha a cor de uma equimose —, ele leu o testamento. Forçou os olhos a correrem linha a linha, evitando desviá-los para o pé da página para ver o que ele estava certo de ver, que "uma pintura de uma jovem costurando à janela" era sua.

Agora, para o bem ou para o mal, lá estava ela na parede. Ele sentia sua presença sempre que entrava na sala.

Naquela silenciosa tarde de domingo, anos depois do discreto enterro de seu pai, e no dia seguinte ao de Merrill, Cornelius estava no mesmo escritório, agora seu, lendo os autos do processo de Eichmann e tomando rum com café. Para além de sua janela, a neve estava aplainando o que fora a horta de seu pai, e do outro lado da cidade ela pesava sobre o túmulo ainda fresco de Merrill — e sobre o sacrifício do menino. Dentro da sala, ele levantou os olhos, viu a vida nos olhos da menina, e desejou — não, ansiou, por alguém, Richard, qualquer pessoa com quem pudesse apreciar a pintura. Não, não exatamente qualquer pessoa. Com Richard ele não corria riscos. Ele conhecia arte, mas não *marchands*. A velha necessidade feroz irrompia de algum recôndito tumultuoso de sua alma que queria dizer: "Olhe para esta estupenda obra. Olhe este Vermeer. Aprecie esta coisa magnífica de joelhos".

Pelo menos ele pudera viver isso com seu pai. Certa vez, alguns anos antes, seu pai lhe fez uma ligação interurbana quando descobriu o que ele imaginou ser um fio de pincel numa fasquia da janela. Ah! Aquele fio, do pincel do próprio Vermeer! Ele deveria tê-lo mostrado a Richard. Para acabar com sua dúvida. Quando se convencesse, Richard iria apreciar a obra com a mesma paixão de seu pai.

Seus olhos baixaram para a página e caíram numa frase dita pelo juiz de Eichmann: "O processo de extermínio foi uma operação única, abrangente, e não pode ser dividida em ações individuais". Não. Ele não concordava. Pensou no menininho anônimo, sem túmulo, chutado porta afora, que deve ter brincado com um brinquedo de madeira em sua última manhã livre no mundo.

Será que o pequeno moinho de brinquedo também foi expropriado? Um *souvenir* de algum infeliz lar judeu surrupiado num momento favorável, apesar da dobradiça que estava faltando? Ele imaginou seu pai encerrado numa cabine de vidro, sendo interrogado: "E o senhor não retirou este moinho da casa número 72 da Rijnstraat, depois de invadi-la na noite de 3 de setembro de 1942?". No dia de seu terceiro aniversário.

Quisesse ou não, o quadro não lhe pertencia.

Seu pai ficaria muito triste se ele próprio não usufruísse mais dele. Rasgou jornais em tiras, amassou-os e os espalhou na grelha. Depois os gravetos, obliquamente, depois as achas divididas em quatro partes. A abertura da lareira mal dava passagem ao quadro. Ele deu graças a Deus por não se tratar de uma pintura grande; seria uma pena ter que danificá-la com uma navalha.

Ele se pôs de pé e tirou o quadro da parede. Naquela última tarde iria se permitir um luxo que nunca se permitira antes: tocou o rosto dela. Um frêmito atravessou seu corpo enquanto as rachaduras do tempo deslizavam sob a ponta de seus dedos. Ele tocou o pescoço e ficou surpreso ao ver que não podia pegar o cordão que pendia do laço da touca. Em seguida o ombro, e surpreendeu-se por não poder sentir a forma arredondada. Ela mal tinha seios. Ele umedeceu os lábios, que de repente tinham secado, e tocou ali também, com mais delicadeza, apenas dois dedos, e sentiu-se invadir por uma grande onda de piedade embaraçada e incômoda, como quando alguém entrevê pela porta de um quarto de hospital uma pessoa seminua.

No ponto em que sua saia se arrepanhava, sentiu os sulcos deixados pelo pincel de Jan. Jan. Johannes. Não. Jan. O nome familiar, o único apropriado para um momento como aquele. O pincel de Jan. Ele pensou que talvez seus dedos fossem grosseiros demais para sentir a maestria de Jan. Ele foi ao banheiro, barbeou-se com uma lâmina nova, enxugou o rosto com todo o cuidado e, de volta ao escritório, inclinou-se para a parede e colocou o rosto junto de sua saia. O choque que sentiu com a frieza atravessou seu corpo como uma navalha.

Ele não tinha direito àquilo.

Estendeu o quadro sobre o tapete e acendeu o fogo. Ajoelhado, esperando que as chamas se erguessem, ele as imaginou avançando lentamente em direção ao pálido azul-pérola de seu olho. A mansa intensidade do anelo da jovem deteve a mão dele por mais um instante.

Se ele virasse a pintura para baixo, talvez conseguisse fazê-lo.

Que tremendo ato de egoísmo, pensou ele, destruir para atingir a paz pessoal o que de direito pertencia ao mundo, uma peça do mosaico do mundo das belas-artes. Este seria um ato tão cruel como qualquer um cometido por seu pai.

Não. Nada seria. Não exatamente a pilhagem feita por seu pai — o seguro trabalho de rapina por trás das frentes de batalha —, não exatamente o fato de seu pai os despachar, mas a operação tomada como um todo. Nos autos do processo de Eichmann, ele lera: "A responsabilidade legal daqueles que entregam a vítima à morte não é menor, aos nossos olhos, que a daqueles que a matam", e ele concordara.

Agora, esperando que as chamas se encorpassem, ocorreu-lhe que, se o quadro não fosse realmente um Vermeer — afinal de contas, ele não tinha uma prova conclusiva —, ele poderia fazê-lo, não podia? Ele poderia queimar a coisa, acabar de vez com toda aquela história triste para dar um descanso aos seus nervos.

Contudo, se ele não fosse autêntico, a enormidade do crime diminuía. Por que não desfrutar da pintura? Ainda assim era linda. Ele olhou mais uma vez sua silhueta cor de mel, como se ainda não maculada pela crueldade ou pelo conhecimento. O colo umedecido pelo calor do sol que entrava na sala. A mansa indolência de sua mão. Tão encantador que tinha que ser um Vermeer. Por causa dele se condenara à solidão. Olhando para a jovem, sentia como uma injustiça o fato de que ela nunca seria reconhecida como uma criação de Vermeer. Ele tinha que levar Richard a reconhecer que se tratava de um Vermeer, e por isso iria fazer o que pretendia um outro dia. Estava decidido.

Apesar de suas pinturas, Vermeer estava entre os mortos. E seu pai, e o menino. A vida de Cornelius, assim como a deles, a de Merrill, tinha o seu limite. Ele não iria viver para sempre. Tinha que se convencer de que seus anos de mesquinha e solitária aflição tinham sido necessários. Ele construíra o próprio eu com tanto cuidado: evitando ter amigos próximos o bastante para que fosse natural convidá-los a sua casa; lecionando matemática, de que gostava menos, e não história, em função do que ele teria que discutir; tendo o cuidado de tratar de forma idêntica pessoas de todas as raças e religiões; eliminando qualquer coisa em si mesmo que pudesse ser vista como cruel, rígida ou germânica... e agora essa necessidade convulsa ameaçando romper a carapaça de seu eu construído de forma tão escrupulosa. A coisa que mais desejava, que acreditassem nele, era incompatível com a coisa que mais o assustava, ter laços de sangue com a suprema crueldade de seu século. Ele tinha que se arriscar a se expor pelo puro prazer de compartilhar com outro, agora que seu pai estava morto, a luminosidade do olhar da jovem. Deleitar-se por um dia e então se libertar. Estava decidido.

Mas Richard ainda não acreditava. Ele fora embora na noite anterior dizendo: "Sendo ou não um original de Vermeer, é um quadro maravilhoso". Um quadro maravilhoso, um quadro maravilhoso. Isso não era bastante. Havia centenas de quadros maravilhosos na cidade. Aquele era um *Vermeer*. Ele não iria aceitar nada menos de Richard. Ele tinha que encontrar algum motivo autêntico para ter vivido como viveu. A possibilidade de ilegitimidade daquilo por que sofrera era como uma voz capaz de acordá-lo de um sonho, mas o sonho aferrava-se a ele, como faz com uma criança aos prantos que foi acordada, e não iria abandoná-lo.

Richard admirara a obra. Faltava, talvez, apenas um fio de pincel para que acreditasse. O alívio de partilhar o quadro com uma pessoa que não risse era inebriante. Por que não o fez anos antes ele não saberia dizer. Desperdiçara anos sob o domínio de um avarento, protegendo um pai que não protegera ninguém. Ele queria mais. Pela primeira vez imaginou a si mesmo contando tudo, a história e a participação de seu pai, para que Richard acreditasse, contando-a com olhos em fogo bem ali diante do quadro, e não iria morrer. Ele não iria morrer de vergonha.

Ele ficou repetindo aquilo — *eu não vou morrer* — enquanto as chamas reduziam as achas a cinzas.

O quadro criou uma curiosa ligação entre mim e Cornelius, forte mas espúria, de forma que, quando eu o via de manhã na sala de despacho e recepção da correspondência do colégio, a lembrança da conversa secreta daquela noite e da perversa insistência dele ainda me perturbavam. Sentia como se tivesse sido puxado pela manga, sendo obrigado a acompanhá-lo até um mar de apreciações que também poderia se voltar contra mim.

Nós nos comunicávamos por código. Certo dia perguntei, não para o espicaçar, mas apenas por motivos estéticos: "Você iria gostar menos dele se descobrisse que não é autêntico?".

"Mas ele é."

"Sim, mas vamos supor que não seja."

"Eu não tenho que pensar nesses termos. Eu sei."

Aquela certeza arrogante me irritava.

Eu tinha a nítida impressão de que ele não se sentia à vontade no mundo, e sabia que aquilo tinha a ver com o quadro. Fiz umas leituras, conversei com meu amigo historiador da arte, e numa tarde de sexta-feira perguntei-lhe no estacionamento: "Você sabia que um pintor holandês chamado Van

Meergeren falsificou alguns Vermeer na década de 1930?". Ele ficou imóvel ao lado do carro. "Tão perfeitos que os críticos de arte e os curadores acreditaram nele?", acrescentei.

"Sim, tinha conhecimento disso." Cornelius empertigou-se.

"E sabe como eles descobriram? Ele vendeu alguns para aquele nazista, Goering, e o governo holandês o prendeu por esse motivo — colaboração com o inimigo, fazer os mestres holandeses saírem da Holanda, passando-os para as mãos do Reichstag. E então ele confessou."

Os olhos de Cornelius desviaram-se abruptamente para o carro, enquanto a mão trêmula procurava a fechadura. Aquele estremecimento indicava que sem querer eu tinha esbarrado em alguma coisa. Talvez ele soubesse todo o tempo que se tratava de um Van Meergeren e estava tentando me fazer de bobo, ou me vender o quadro por um preço exorbitante. Um amigo podia esquecer o caso, mas éramos apenas colegas, comprometidos, o matemático e o artista, com a verdade. "Gostaria de vê-lo mais uma vez. Se você não se importar", disse eu.

"Quando você quiser", disse ele com toda a cordialidade, e fez um movimento em direção ao carro.

"Que tal agora?"

Ele parou por um instante, recompondo-se, ao que me pareceu. "Nada como o tempo presente."

À luz do dia o quadro era ainda mais esplêndido que o da minha lembrança. Deixei-me afundar na cadeira enlevado. A luz do copo de leite brilhando como a superfície de uma pérola me fez acreditar — aquilo não era arte de um copista —, mas os modos arrogantes de Cornelius nas últimas semanas tinham me intrigado.

Não obstante, naquele momento ele não se mostrava nem um pouco arrogante. Havia apenas o prazer intenso da pintura. Amorosamente, ele se debruçava sobre a superfície com uma intimidade que eu não tinha notado antes em sua enfiada de informações. Se algum dia alguém amou uma obra de arte, esse alguém foi Cornelius. Seu rosto brilhava com a adoração de um peregrino diante da imagem de seu deus.

"Eu gostaria de acreditar. Não é que eu queira destruir sua convicção. Mas ainda resta uma questão de enorme importância."

"Qual?"

"Cornelius, você e eu somos professores. Nossos pais não eram milionários. A menos que você me diga como ele o conseguiu, não vejo como..."

O brilho sumiu de seu rosto.

Deixei a pergunta no ar e bebi um pouco da cerveja que ele me servira. Ele terminou de tomar a sua devagar, mergulhado em profunda meditação, em seguida segurou a garrafa como se buscasse um apoio. Esperei.

"Cresci em Duisburg, perto da fronteira com a Holanda...", principiou ele, mantendo os olhos fixos na jovem enquanto falava de sua infância, como se buscasse força em sua calma.

"E um dia, depois de uma cansativa aula de história no colégio, eu perguntei, apesar da grave advertência de minha mãe para que não o fizesse: 'Pai, o que o senhor fez na guerra?'. 'Eu trabalhei em Amsterdã', foi a resposta. Como se aquilo fosse um tipo de trabalho. 'Sim, mas o que o senhor fazia?', perguntei. 'Tenho o direito de saber.' Seu corpo ficou absolutamente imóvel, mesmo as pontas dos dedos, como se ele estivesse sentindo os primeiros tremores de um terremoto. 'Eu os conduzia para os trens', respondeu ele."

Cornelius voltou-se para mim naquele momento.

"Ele me levava ao estádio Yankee. Aquecia minha mão mantendo-a em seu bolso. Plantava narcisos para minha mãe. Se eu conseguisse chorar, se eu não tivesse sido condicionado a não fazê-lo... depois daquilo, ele nunca mais foi o mesmo para mim."

Enquanto me contava sobre o menino escondido no armário, seus olhos brilhavam como vidro derretido, e o tom de voz era muito duro quando falou do serviço de chá que sumira. Quando contou que tentara queimar o quadro, seu corpo inteiro tremeu, e deixou-se cair na cadeira, esgotado.

A coisa era pior, muito pior, do que eu pensara. Que ele tenha tentado destruí-lo, eu mal podia acreditar. Causava-me náusea o fato de ele pensar que tal ato podia servir de reparação. Eu não encontrei em mim, lamento admitir, nenhum sentimento de generosidade ou complacência por aquele homem, apesar de seu sofrimento.

Agarrando-se à borda da escrivaninha com ambas as mãos, ele se inclinou em minha direção, a fronte sulcada de rugas sobre um nariz em gancho. "Você não vai contar aos outros na escola, não é? Sabe, agora que você... agora que uma pessoa no mundo sabe que ele é autêntico, tudo se justifica, você não acha?"

Seu lábio superior se contraiu de uma forma desagradável, como se puxado por um fio. Então ficou claro para mim por que ele me escolhera. Ele imaginou que um artista o iria desculpar, por admiração pelo quadro, e se eu desculpasse, o quadro poderia viver.

"O que aconteceu com o menino?"

Ele gaguejou por um instante, sem saber como expressar com palavras o que ambos sabíamos.

"Você sabe o que eles dizem, Cornelius. Uma boa queima merece outra."

Deixei-o ali, acabrunhado, dei mais uma olhada no quadro, que eu sabia ser a última, e busquei sair o mais depressa possível. Pobre coitado, arruinar assim a vida por um pedaço de pano manchado com uma pasta mineral, por uma imitação, tinha que dizer para mim mesmo, por algo que não passava de uma curiosidade.

Cornelius tinha toda aquela tarefa pela frente, e como ele iria me encarar agora, como eu o iria encarar na segunda-feira de manhã, eu não sabia.

Uma noite diferente de todas as outras

No dia anterior, Hannah Vredenburg e seu irmão mais novo, Tobias, ficaram olhando o pai soltar os pombos do sócio, para que voltassem à casa deste na Antuérpia. Um por vez, dando um pequeno intervalo entre um e outro por questão de segurança, ele os soltou do viveiro do sótão quando a manhã ainda estava bastante enevoada, para que nenhum agente visse e anotasse o número da casa. O decreto que proibia os judeus de Amsterdã de manterem pombos em casa — seus ou de qualquer outra pessoa — já estava em vigência havia oito meses, e Hannah sabia que a cada dia ficava mais perigoso desobedecer a ele. Entregá-los tanto tempo depois no posto policial alemão, como exigia o decreto, poderia ter conseqüências negativas.

"Rápido, Hannah, antes que Tobias venha cá para cima", disse seu pai, e passou-lhe o papel e o lápis, com mãos por demais trêmulas para escrever. "Escreva. Em letra pequena." Era a mensagem a ser colocada na minúscula latinha do último pombo de seu sócio. "Mate meus pombos", sussurrou ele, fazendo uma pausa entre uma frase e outra. "Não posso esperar que você os alimente por tanto tempo. Não se arrisque e não os solte, mas primeiro deixe que eles se fartem. Leo, o que tem as bordas das asas de cor púrpura, gosta muito de lentilhas. Henriette, a fêmea com listras oblíquas azuis, gosta que lhe afaguem a cabeça. Esta é a última mensagem até que tudo acabe, se Deus quiser. Nós estamos bem. Espero que estejam em segurança."

A última! No próprio momento em que espremia essas derradeiras palavras no papelzinho, Hannah sentiu uma grande agitação dentro do peito.

"Assino o seu nome?"

"Não."

Ela dobrou o papel no exato instante em que Tobias subia a escada de pijama.

Um a um, o pai pegou os pombos de seu sócio, segurou-os delicadamente para que Tobias fizesse um último afago, colocou as mãos em concha sob o peito de cada pássaro e ergueu os braços para soltá-los no ar. Hannah passou ao pai o bilhete dobrado, que ele colocou na latinha do último pombo. Ela o viu beijar a cabeça do pássaro, apenas por um instante e com os olhos fechados, e então lançou o último pombo em direção ao céu.

Ela olhou aquele último bater de asas livre quando o pombo ergueu-se por sobre os tetos pontiagudos, rumando para sua casa na Antuérpia. Uma fuga que não era uma fuga. Antuérpia, Amsterdã — que diferença podia haver?

No dia seguinte, ao chegar da escola, ela viu Henriette, Leo e mais outros dois voarem sob a cumeeira, dando bicadas no teto tentando entrar em seu viveiro. A respiração lhe faltou, restando apenas escuridão: a mensagem chegara tarde demais. O sócio do pai já soltara os pombos da família de Hannah. Ela correu para dentro de casa, subiu os degraus da escada e deixou que eles entrassem no viveiro. As mensagens informavam que os alemães já tinham assumido o controle do comércio de diamantes de Antuérpia. Um frio percorreu seus dedos e subiu-lhe à garganta quando tirou as latinhas. Ela entendeu imediatamente o que devia ser feito. Era só uma questão de tempo. Quanto tempo Tobias levaria para entender também?

Naquela noite ficou na escada olhando o viveiro do sótão enquanto o pai, de pernas cruzadas no chão do viveiro, cantarolava baixinho para seus pássaros e para Tobias. "Leo. Leo. Que pássaro. Um pássaro capaz de carregar uma gema de dois quilates em sua latinha sem sentir o peso. Lembre-se dessa lealdade, Toby."

Naquele momento ela chorou, apertando com força o degrau mais alto da escada, procurando não fazer nenhum ruído. As palavras do pai eram para informar Tobias sobre o que deveria ser feito. Não lhe diriam que se lembrasse de Leo, se Leo pudesse continuar vivo. Ela viu que Tobias, por alguns instantes, procurou o rosto do pai. Depois ele voltou a afagar as penas cinzentas do peito dos pombos, dando-lhes cevada na palma da mão. Mas ele não riu como costumava fazer quando os pezinhos róseos de Leo fizeram cócegas em seu braço. Ela desceu as escadas devagarinho.

Era terrível que eles não pudessem simplesmente ser soltos. Seria conveniente fazê-lo no Pessach, mas os pombos ficariam desorientados com a liberdade, pensou ela, assustada com a perspectiva de terem que achar um grão de comida na zona sul de Amsterdã. Eles nada mais fariam senão bicar a cumeeira da casa tentando voltar para o viveiro. E ficaria claro que aquela era a casa a que pertenciam.

Na manhã seguinte, no café da manhã, ela perguntou: "Vai ser hoje?"

"Em breve." Por um instante, o pai colocou delicadamente a palma de sua grande mão na parte de trás da cabeça de Hannah.

Toda a casa esperava, a respiração suspensa, enquanto se aproximava o Pessach, a noite diferente de todas as outras. A mãe e a avó Hilde andavam ocupadas limpando os armários da cozinha, a despensa, o fogão, a geladeira, e agora estavam limpando as prateleiras do aparador e guardando o serviço de chá de prata, para dar lugar, na parte de cima, à porcelana do Pessach. Hannah ficou olhando para a pintura que ficava acima do aparador. Era uma menina da sua idade, olhando pela janela enquanto costurava. Toda vez que olhava a pintura, ficava encantada com a forma como a jovem se inclinava para a frente, concentrada em alguma coisa, e com a nostalgia em seus olhos. A menina não estava trabalhando, pelo menos não naquele momento. Suas mãos estavam em repouso, os botões em cima da mesa como pérolas chatas ainda por pregar, porque o que se passava em sua mente era mais importante. Hannah o entendeu.

Foi num passeio com o pai, só eles dois, uns dois anos antes, que ele comprou o quadro — 1940, pouco antes do seu décimo primeiro aniversário. Ele tinha participado de reuniões do Comite voor Joodsche Vluchtelingen, de refugiados judeus da Alemanha, no Rotterdam Cafe, próximo à Bolsa de Diamantes, e a levara a um leilão de quadros, vasos, jóias e tapetes orientais que tinham sido doados com o objetivo de levantar fundos para ajudar os refugiados. Era fundamental, dissera ele, que o governo não arcasse com as despesas dos judeus pobres. Quando o quadro foi oferecido, ela ficou ansiosa. O rosto da jovem da pintura quase brilhava, os olhos azuis, as faces, os cantos de sua boca brilhantes e acetinados, a luz vindo diretamente até ela, atravessando o espaço que as separava. Ela parecia mais real que as pessoas que se encontravam na sala.

Quando seu pai fez uma oferta, Hannah prendeu a respiração, espantada. Ele fez um novo lance. O pai apertou sua mão quando a oferta ultrapassou duzentos florins; ela o abraçou pelas costas quando o valor passou de trezentos. Quanto maiores os lances, mais vigorosamente ela o abraçava até o momento em que, quando ele o comprou, ela gritou "Papai!" e não largou sua mão até chegarem em casa. Ao seu ver, o fato de o pai comprar o quadro a honrava, fazia-a sentir-se mais digna.

Na hora em que eles entraram em casa com o quadro ainda embrulhado, a mãe endireitou o corpo e olhou para ela e em seguida para o pai como se estivesse certa de que acontecera alguma coisa importante. Hannah lembrava-se de ter se sentido tonta enquanto andava pelas salas escolhendo um lugar, até se decidir pela sala de jantar, no espaço acima do aparador. Desembrulhou o quadro e o ergueu. "Está vendo, Mamela, que encanto?" Sentada com o corpo ereto à mesa de jantar, de frente para ele, exatamente como estava agora, Hannah foi a última a ir para a cama naquela noite.

Tobias entrou na sala, vindo do vestíbulo. "Hannah, não é interessante?" Ele trazia na mão uma tenra folha da primavera. "Deste lado tem vinte e quatro pontinhas e do outro só vinte e duas", disse ele. "Por quê?"

Com nove anos de idade, vivia fazendo perguntas. Ele gostava de teias de aranha e do canto dos grilos, colecionava mariposas e besouros, tinha uma tartaruguinha verde, um coelho chamado Elias, um caderninho em que escrevia suas observações sobre a natureza. Em sua mente, os quatro anos de diferença entre ele e a irmã faziam dela uma pessoa muitíssimo bem informada, mas ela nunca sabia como responder. Ela não podia corresponder ao seu entusiasmo. "Não sei, Toby. Acho que algumas coisas são diferentes."

Foi então que a mãe lhe pediu que limpasse o viveiro do *chametz*, isto é, de toda a cevada, ervilhas e lentilhas, de qualquer cereal que pudesse fermentar quando úmido. Limpar a casa de coisas fermentadas era uma forma de comemorar o Pessach. A mãe lhe deu apenas umas duas cascas de batata secas para alimentar os pássaros, pois naqueles dias ela as estava usando para fazer sopa.

No silêncio momentâneo, em que se ouviam apenas os arrulhos dos pombos que chegavam até eles pelo respiradouro e o ruído do pano molhado que a mãe passava numa prateleira, Hannah viu a expressão de perplexidade no rosto de Toby. Ele olhou para as cascas de batata em sua mão, depois olhou para ela.

"O que eles vão comer amanhã?", perguntou.

Era mais uma pergunta a que ela não sabia responder.

Os olhos dele ficaram sombrios, a testa lisa franziu-se e por um instante ela o imaginou, coisa impossível, como um velho. Ele sabe que se trata apenas de um sinal, pensou ela. Se não quisessem que ele os visse sofrer, tinham que agir logo. Ele viu a perturbação se abater sobre seus ombros e turvar seu olhar. Ele se afastou. Aos soluços, enfiou-se pelo corredor e subiu devagar as escadas para o viveiro do sótão. Ela sentiu uma coisa indefinível apertar seu coração.

Logo depois que ele saiu, Hilde disse à mãe: "É terrível fazer uma criança chorar assim". Quando uma pessoa saía da sala, Hilde sempre tinha alguma coisa a dizer sobre ela. Hilde tamborilou com os dedos no aparador para reforçar o que dizia. "Mande Hannah limpar o viveiro."

"Ele gosta dos pássaros, Hilde. Melhor deixar que fique com eles. Deixar que se entristeça. Este ano ele vai entender a história do Pessach."

A mãe atacava concentradamente as prateleiras do aparador. Na verdade, naquele ano ela parecia esfregar tudo com muito mais vigor. Era inacreditável como, apesar de tudo, ela continuava a limpar.

Agitada, Hilde aproximou-se de Hannah. "Por que você não ajuda sua mãe?"

Hannah deu de ombros e fez oscilar um bolo de papel pendurado num barbante diante do gato de Toby. A esterilização da baixela, a limpeza da cozinha, a preparação da comida, nada disso a interessava no momento.

"Isso não é resposta."

"Eu não quero."

"Não quer, diz ela. O que é querer? A gente faz e pronto."

"Todo mundo faz um pouco, Hannah", disse a mãe. "Você não vai ajudar a esterilizar os utensílios de cozinha?"

"Todo mundo trabalha", disse Hilde. "A vida é isso. Trabalho, um pouco de diversão e muita oração. Sabe, sua bisavó Etty andava em círculos fazendo girar a barra da máquina de polir diamantes do marido. Tanto andou que abriu um sulco no piso. Ela trabalhou sem uma queixa até 1867, e então foi..."

"Substituída por um cavalo. Eu sei. A senhora me disse da última vez que esteve aqui."

"E então? Ajudar sua mãe não é nada, comparado com isso. Você vai querer casar, não vai? Você tem que aprender a fazer essas coisas. Ou você vai querer virar uma solteirona e trabalhar numa fábrica por um salário de fome? Edith me disse que você também não faz suas lições direito. Que você não gosta da escola. Inconcebível. Você quer voltar à máquina de polir?"

Hannah sacudiu os ombros novamente. Talvez não fosse tão ruim. Se ninguém lhe enchesse a paciência.

"Para que você acha que trabalhamos duro esses anos todos? Para você terminar trabalhando numa fábrica de charutos? Para você virar mascate? Sabe, é isso o que acontece com judeus que não trabalham duro."

Hannah olhou para os chinelos cinzentos de lã de Hilde, apontados para ela como dois ratos sem rabo.

"Seu pai é a primeira geração a negociar diamantes, não é mais um mero polidor. Isso não significa nada para você?"

Pelo canto do olho, Hannah viu sua mãe encolher-se. "Pelo menos você pode ir à mercearia comprar salsa e ovo?", perguntou a mãe. "Sal Meyer reservou um mocotó para mim. Lá fora está um dia lindo. As limeiras da Scheldestraat agora devem estar cheias de folhinhas de primavera. Passe uma escova nos cabelos e vá."

Sem uma palavra, Hannah vestiu o suéter marrom desfiado, com a estrela nova e dura, mas fazia tudo tão devagar depois que a mãe lhe deu o dinheiro que Hilde se tomou de indignação, desviando o olhar de Hannah para a mãe, e de novo para Hannah. Por um segundo, ela ousou encará-la antes de entrar no vestíbulo, deixando de fechar a porta completamente, de modo a poder ouvir.

Hilde esperou apenas alguns segundos. "Essa menina! Ela nunca trabalha. Ela nunca fala. Você não consegue fazê-la falar?"

"Como fazê-la falar? Diga-me. Tenho certeza de que você sabe."

"Ela não se interessa por nada. Não tem amigos. Ontem à noite perguntei-lhe o que andou fazendo no inverno passado e ela respondeu 'nada'. Será que pelo menos ela pensa?"

"Hilde, não seja cruel. Pode ser que a gente nunca venha a saber o que ela pensa, mas com certeza ela pensa."

"Você devia obrigá-la a participar."

"Você acha que pelo fato de ser sua mãe posso mudá-la? Você é a avó dela. Você pode tentar. Ela é o que é."

"Preguiçosa e apática."

"Imagino que quando você tinha a idade dela nunca tinha vontade de sentar e ficar pensando, não é? Você acha que eu não me pergunto, antes que o sono misericordioso me vença, o que fiz ou deixei de fazer para que ela ficasse assim? O que deixei de lhe dizer num momento crucial para ela e desconhecido para mim? Diga-me, Hilde, será que não a amei o bastante? Diga-me."

Hannah não conseguia respirar. Ela arrancava plaquinhas de tinta ressecada da porta interna.

"O que eu sei, Edith, é que você tem que fazer alguma coisa, do contrário ela não vai ter forças. Por que você a deixa ser tão emburrada?"

"Por que a deixo? Você acha que eu não me preocupo cada santa noite por ela não se interessar por nada? Você acha que eu não sei o que isso significa agora?"

Hannah voltou-se para ir embora e fechou a porta externa de forma que se pudesse ouvi-la bater. Estava pouco ligando.

Não era verdade. Ela queria coisas. Isto é, ela queria desejar coisas, e mesmo amar coisas, da mesma forma que Toby amava todos os seres vivos. Só que ela não sabia dizer o quê. Era absolutamente impossível no momento. Desejar qualquer coisa parecia uma loucura.

E ela teve uma amiga. Marie.

Marie passou-lhe bilhetes na escola durante todo o ano passado. O último bilhete que ela lhe passou dizia que não podia ir passear com ela depois da aula porque tinha que cuidar de seu irmãozinho pequeno, mas que no dia seguinte também não ia poder, e que nunca mais ia poder. Agora elas estavam em escolas diferentes, e um dia, quando ela viu Marie numa rua fora de seu bairro, Marie fingiu que não a conhecia. Agora Hannah nunca saía de seu bairro só para não a encontrar novamente e ter que viver a mesma situação. Ela também se importava com algumas coisas.

Pelo menos sua mãe tomara sua defesa. Um pouco. Exceto quando falou sobre o que fez com que ela fosse daquele jeito. Como se alguma coisa estivesse errada com ela. O que estava faltando?

Soltou um suspiro longo e fundo. Precisava limpar o nariz, mas estava sem lenço, então simplesmente fungou e limpou com a mão.

As limeiras tinham realmente folhinhas novas, ainda se desdobrando. Para quê? — pensou. Ela chutou uma pedra na calçada, e então viu dois oficiais alemães andando em sua direção. Por um momento o mundo inteiro parou, exceto a pedra que foi se chocar contra uma grande bota negra. Seu coração gelou. Sentiu sua calcinha umedecer. Falando em voz alta, os homens pareciam não ter percebido a pedra, e nem mesmo Hannah. Eles não se desviaram nem um centímetro para lhe dar passagem na calçada estreita. No último segundo ela desceu da calçada para deixá-los passar, e torceu o tornozelo.

Estavam acontecendo coisas. Mais importantes que os preparativos para o Pessach. Para além do brilho da vela, havia coisas. Havia coisas. Nada era igual. Hilde agia como se ainda estivesse no tempo da bisavó.

Mas o pai não. Ele sabia. Talvez por isso a tratasse com tanto carinho. Ela sabia que o aborrecia quando não fazia suas lições, mas que no sabá, à tarde, ele já tinha esquecido. Ele fazia longas caminhadas com ela — deixando Toby com sua tagarelice em casa — ao longo dos canais de seu bairro, comprando-lhe picles de um tonel de madeira na esquina da Vrijheidslaan com a Vechstraat, e levava-a à sorveteria de Koco. Ou então ia com ela aos concertos de domingo no Middelaan Plantage, ou ao Rijksmuseum. E naquele maravilhoso dia, ao leilão. Enquanto andavam, ele lhe perguntava sobre seus colegas de escola, suas lições, tentando fazê-la falar. Certa vez ela tentou lhe contar sobre Marie, mas não conseguiu. Ele sempre parecia muito cansado depois, deixando os sapatos caírem no chão do quarto, dizendo, como ela ouviu uma vez: "Talvez um pequeno progresso, Edith".

Agora ficara evidente para ela o que a fazia gostar da menina da pintura. Era sua placidez. Afinal de contas, uma pintura não pode falar. Mas mesmo assim ela sentia que aquela menina, sentada numa sala mas olhando para fora, com certeza era naturalmente calma, como ela própria. Mas isso não significava que a menina não queria nada, como sua mãe dissera dela. O rosto da jovem lhe dizia que ela provavelmente desejava algo tão profundo e distante que não ousava revelar, mas estava pensando sobre aquilo junto à janela. E ela não apenas desejava. Ela era capaz de fazer alguma coisa grande e admirável. Sim, oh, sim.

Hannah demorou-se bastante fazendo o que a mãe mandara, pois não queria ir direto para casa. Nas mercearias havia filas que iam até a rua, embora a oferta de produtos fosse menor que na semana anterior. Depois de passar por quatro lojas, ela entrou novamente na avenida.

E então os viu.

Uma outra família de estrelas amarelas carregando malas estava sendo conduzida em plena Scheldestraat.

Para Westerbork. Aquele lugar.

Por que eles? — ela se perguntou.

Quando eles passaram, por um átimo de segundo um menininho olhou para ela com olhos assustados. Ela baixou a cabeça e continuou a andar. Sentiu uma dor no peito. Parecia-lhe que ignorar o menino era uma traição igual à de Marie. Ela dobrou na Rijnstraat e voltou para casa tão depressa que ficou com uma dor do lado.

Sem querer, ela deixou a porta bater quando entrou em casa. "Não tinha salsa, então comprei aipo, mas não achei ovo em lugar nenhum."

"Não tinha ovo? Você procurou na mercearia de Ivansteen?", perguntou a mãe.

"E em mais três lugares na Scheldstraat."

"O que vamos fazer? E esses pobres refugiados sem-teto que vão vir e não temos nem um prato completo para o Seder."

"Não tem importância. Dentro de pouco tempo, não vai fazer a menor diferença."

"Hannah! Nunca diga isso. Não quero nunca mais ouvir você dizer isso."

"O que aconteceu?" Hilde tomou o mocotó de sua mão e o examinou. "O que aconteceu na rua?"

Hannah jogou o aipo na pia da cozinha e voltou-se para sair. "Nada, Oma."

Hilde foi atrás dela. "O que você viu lá fora?"

"Nada. Só crianças pulando das varandas segurando guarda-chuvas abertos. Brincando de pára-quedas. Elas fazem isso sempre que ouvem aviões. Ainda não notou?"

Ela viu Hilde e a mãe se entreolharem, perplexas. Não, claro que não tinham notado.

Naquela noite, com a casa às escuras, depois que seus pais esconderam dez peças de *chametz* pela casa, Tobias fez a última busca ritual de *chametz*, à luz de vela. Usando uma pena, ele varreu as migalhas para uma colher de pau com uma gravidade que Hannah não tinha visto nos anos anteriores, quando aquilo era mais uma brincadeira.

"Onde você arranjou essa pena, Toby?", perguntou Hannah.

"É do Leo." Ele a levantou e a fez rodopiar. "Veja, é roxa na borda. E mais larga de um lado que do outro. Ela ficou na minha mão quando eu o estava segurando. Eu não queria arrancá-la."

Não. Ele nunca faria mal a um pássaro.

O pai colocou as migalhas, a pena e a colher num saco de papel para serem queimados na manhã seguinte. Depois que Toby foi para a cama, ela esperou que ele adormecesse, afastou a cortina que dividia o quarto deles e ficou olhando o irmão por um momento. O menino que viu na rua tinha o mesmo cabelo encaracolado de Toby. Inclinando-se para ajeitar o lençol sobre ele, sentiu um cheiro inocente de coelho, de lápis de cera e de pombo.

Antes do café da manhã a família inteira reuniu-se na varanda, e o pai riscou um fósforo e aproximou-o de um canto da sacola.

"Em dois lugares, Sol", disse Hilde. "Para queimar bem."

Hannah viu o canto escuro avançar devagar e obliquamente pela sacola, como a linha de frente de um exército — pensou ela —, trazendo atrás de si um pequeno muro de chamas cor de laranja, até encontrar o outro canto escuro que avançava para o mesmo ponto. O mar Vermelho fechando-se ao invés de se abrir. E finalmente a colher de pau reduziu-se a uma brasa agonizante nos ladrilhos da varanda. Hannah pisou nela para apagar o fogo.

À tarde o pai saiu para passear com Toby, Hannah não sabia onde, mas sabia que terminariam passando no Rotterdam Cafe para trazer para o jantar do Seder duas famílias de refugiados que estavam morando no andar de cima.

Exceto pelo barulho que a mãe fazia quebrando as nozes para o *charosset* e pelo arrulho dos pombos que vinha pelo respiradouro, a casa estava em silêncio. Com quase tudo pronto para o festejo do anoitecer, parecia a Hannah que as salas respiravam expectativa, como antes de uma morte ou de um nascimento. Ela pensou sobre isso por um instante, sentindo as coisas se acalmarem quando se sentou de lado na cadeira de seu pai na mesa de jantar, passando o dedo distraidamente na borda festonada da toalha de mesa branca.

Hilde colocou duas velas nos castiçais de prata, arrumou a bacia e o jarro de louça de Delft no aparador para lavar as mãos, enfiou uma última vez um pano no entalho do aparador para tirar a poeira, passando-o depois no caixilho inferior da moldura do quadro.

"Você sabe o que ela está olhando pela janela, não sabe?", disse Hilde. "Seu futuro marido."

Naturalmente ela pensara nisso, pensou Hannah consigo mesma.

"O que você acha?", perguntou a mãe da porta da cozinha.

"Ela está olhando pombos. Só isso", respondeu Hannah.

"Pombos? O que você quer dizer com isso?", perguntou Hilde.

"Quero dizer que não importa o que ela está olhando. Ou o que ela está fazendo ou deixando de fazer." Ela olhou bem nos olhos de Hilde. "A única coisa que importa é que ela está pensando."

"É por isso que você gosta dela?", perguntou a mãe, surpresa.

"E porque eu a conheço."

Hannah levantou-se, passou pelo corredor e subiu as escadas do sótão. Quem estava mais perto era Leo, cochilando. Ela o pegou primeiro e torceu-lhe o pescoço até que o corpinho enrijecido, depois de frenético bater de asas, amoleceu sob seus dedos. O guincho dos outros ressoou em seus ouvidos. Ela se precipitou para pegar Henriette e arranhou o joelho. Duas, três, quatro vezes, e a cada uma o mesmo estalo sob as penas.

Ela veio pelo corredor olhando para a frente. Suas mãos estavam tremendo tanto que a mãe percebeu. Hannah também baixou o olhar e viu um pedacinho de pena sob a unha de seu indicador, um minúsculo fragmento da penugem cinzenta do peito. Ela o removeu com um piparote. A mãe e Hilde estavam pasmas com ela, incapazes de se mover. Os lábios de Hilde contraíram-se numa ferida roxa.

“Vá lavar as mãos”, murmurou a mãe.

Hannah se voltou, tropeçou na passadeira do corredor, e deixou-se ficar muito tempo no banheiro. Ela ouviu a voz de sua mãe. “Desta vez, na casa de seu filho, você não vai dizer nada, Hilde. Nada.” Hannah abriu a torneira. Ela não queria ouvir o que viria em seguida. Lavou-se até a altura dos cotovelos e o joelho arranhado. Depois de algum tempo entrou devagar em seu quarto e deitou-se na cama. Quando ouviu através do respiradouro a mãe varrendo o viveiro, sentiu uma gota de suor deslizar para sua têmpora. Esperou pelo barulho da preparação do *charosset*. Então mudou de roupa e escovou bem o cabelo.

Quando o pai e Toby voltaram, ela não teve coragem de encará-los. As duas famílias alemãs estavam muito acanhadas, sem saber como se comportar. Um menino mais novo que Toby mantinha-se calado, agarrando-se ao pai. A mãe de Hannah pediu a Toby que apresentasse cada um dos convidados a Hilde, que oferecesse as Hagadás, que trouxesse o *kittel* branco para seu pai vestir. Ela pediu que ele arrumasse o aipo no prato do Seder, o mocotó, o *charosset*, um rábano seco e uma pequena batata mais desbastada em um dos lados para se parecer com um ovo, e depois mandou que ele ficasse na varanda olhando o pôr-do-sol no ocidente. Tudo isso, Hannah sabia, para evitar que ele tivesse a idéia de levar o garotinho alemão ao sótão para ver os pombos.

A mãe vasculhou no aparador e tirou os velhos castiçais de louça de Delft. “Veja”, disse ela a Hannah. “Estes castiçais eram de sua bisavó Etty mas, a partir desta noite e para sempre, eles serão seus. Lave-os e ponha-os na mesa.”

E Hannah o fez.

“O sol logo vai se pôr”, anunciou Toby da varanda. “O céu está todo dourado.”

Sua mãe acendeu um fósforo e aproximou-o de um coto de vela até nascer uma chama, acendeu com ele os dois círios dos castiçais de prata e deu-os a Hannah. Ela fez o mesmo com os dela. Olhando a luz de sua vela iluminar o rosto da menina da pintura, ela entendeu que aquela noite era diferente de todas as outras. A vida verdadeira começara.

Adágios

Andando com sua mulher, Digna, ao longo do estreito canal, Laurens van Luyken mantinha uma discreta distância dos jovens amantes, como para lhes dar privacidade, mas observava cada movimento que faziam. Mais além do carro de bois de seu vizinho, ele viu sua filha se apoiar, sem necessidade, no braço do jovem.

O vento do outono soprava com força e Digna mantinha a capa bem apertada contra o corpo. Normalmente Laurens achava o vento revigorante, mas naquela tarde era como se uma enorme vaga de mar cinzento avançasse ameaçadoramente em sua direção, obrigando-o a lutar para se manter de pé. O vento era áspero, as folhas caídas eram ásperas, tudo era áspero. A voz de Johanna estava áspera um pouco antes, naquele mesmo dia, quando lhe disse: "Papai, Fritz me pediu em casamento e eu aceitei". Exatamente assim. Sem o menor aviso. Sem a menor delicadeza. Nem um pequeno aceno à tradição. Como se não houvesse mais necessidade de pedir permissão aos pais para entregar seu amor a outros. Era assim que se faziam as coisas em Amsterdã? Um prenúncio de como as coisas seriam no novo século?

"Devemos lhes dar um bom presente", disse Digna, tomando o braço de Laurens da mesma forma que Johanna fizera com Fritz. "Alguma coisa nossa que ela sempre amou e que ficará com ela para sempre."

"Isso significa que concordamos com isso?"

"Ele é um bom sujeito. E bonitão." Ele viu seu sorriso brincalhão. "Erasmo disse que se você tem que ser enforcado, pelo menos que seja numa forca bonita."

"As forcas não se destinavam aos jovens e inocentes."

Mais adiante o cão deles, Dirk, se pôs bem na frente de Johanna, de modo que ela quase tropeçou, e então Fritz lhe disse alguma coisa no ouvido que a fez rir. Laurens viu-a apertar-se contra aquele homem, dando um leve beijo em sua orelha. Dirk deu um latido que Laurens sabia ser de advertência. Laurens sentiu um prazer perverso em notar que Dirk não estava gostando nada das atenções que Johanna dispensava àquele intruso de cheiro estranho, que usava sapatos de couro em vez dos bons e sólidos *klompen* — definitivamente, ele não era um morador de Vreeland. Ele achara graça quando Dirk, trêmulo de desconfiança, latiu alguma coisa evidentemente insultuosa para Fritz, quando este chegou numa carruagem ao meio-dia.

"Olhe para ela, Laurens. Está radiante."

Em vez disso, ele olhou sua mulher de soslaio. A felicidade a contagiara. A alegria pura e incontida da filha revivificara cada um dos poros do rosto familiar de Digna.

"O que poderíamos dar a eles?", perguntou ela, num tom animado e ansioso.

"Uma vassoura e uma batedeira de manteiga?"

"Poderíamos dar a eles o *Digna Louise*."

"Não. Fritz tem uma velha sumaca. Ele me disse que na semana passada a levou para o Zuider See e quase congelou. Ninguém em pleno gozo de suas faculdades mentais, à exceção dos pescadores, iria pescar lá depois de setembro."

Os esquifes de seus vizinhos estavam enfileirados, de popa a proa, no ponto em que o canal encontrava a Loosdrechtse Plassen. Laurens se lembrava de que, quando menina, Johanna os chamava de barcos ossinhos da sorte, por causa da forma graciosa de suas proas. Ele se perguntou se ela estava contando isso a Fritz, agora que passavam pelos esquifes ao longo da orla.

Johanna e Fritz dobraram no moinho de mostarda de Ruyter para andar pela estrada de carroças à margem do lago, e olharam para trás esperando que Laurens e Digna os seguissem. Algo daquela atmosfera expectante dos dois jovens, a idéia de que eles estavam se lançando a uma aventura inédita, despertou em Laurens um espírito vagamente competitivo, e ele passou o braço pela cintura fina de sua esposa. "Está com frio?", perguntou ele, um pouco desejoso de que estivesse.

"Eu poderia dar a ela o anel de opala de minha mãe, mas não seria lá grande coisa. E o presente deve ser de nós dois. Para eles dois."

Para Laurens, tudo o que se relacionasse com o casal que ia andando ali adiante trazia os visíveis sinais da euforia. O que cedo amadurece, cedo apodrece. Eles não tinham experimentado as longas noites de inverno de elevada contemplação, mas precipitavam-se para a frente, como se já tivesse chegado a época das tulipas.

Quer dizer então que ela deveria partir. Ela iria deixar Vreeland, onde conhecia cada vereda, as tábuas de cada uma das pontes, os cavalos e carroças das famílias; Vreeland, onde ele a ensinara a patinar logo ali na Loosdrechtse Plassen, onde ele a vira brincar a cada verão, sob os salgueiros, no trecho à margem do canal, colocando alegremente baldes de água do canal num serviço de chá de louça de Delft rachado que pertencera à mãe dele. Ela iria deixar a cidade onde nascera, a cidade de seus ancestrais, mudando-se para Amsterdã, a mais ou menos meio dia de viagem de carruagem pela estrada do dique.

Laurens achava engraçado que Dirk exibisse tanta desconfiança para com aquele lobo em pele de ovelha, aquele impostor com cheiro estranho. O cachorro enfiava-se entre as pernas de Fritz e de Johanna, mas não os olhava com maus olhos. Algo o comovia na forma como se olhavam, Johanna radiante com a vertigem do desconhecido, e ele quis que os dois tivessem um pouco de paz. Só uma vareta, atirada certeiramente em algum ponto da margem estreita, poderia afastar Dirk da função que ele próprio se atribuíra de protetor de Johanna. Laurens chamou Dirk, jogou a vareta mas não conseguiu fazê-la cair na margem coberta de grama. Dirk pulou no lago para pegar a vareta, e Digna caiu na risada, tornando tudo muito divertido.

Ela afagou o braço dele. "Já sei! O quadro. *Menina com cesta de costura*." Seus olhos brilhantes, ansiosos, e seu largo sorriso o penetraram. "Ela sempre gostou dele."

"Não."

Dirk trouxe a vareta de volta mas ele não a pegou.

Digna voltou-se para ele, um olhar de perplexidade em seu rosto doce e cândido. Ele ficou olhando a brisa soprar fios de cabelos castanhos de seu coque, que ondulavam como algas marinhas numa corrente. Ela o puxou pela mão, sorrindo enquanto falava. "O que o faz tão pouco generoso? Ela é nossa única filha."

"Tenho certeza de que podemos pensar em outra coisa."

"Por que não o quadro?"

"Porque eu o dei a você."

"Mas ele seria um toque da nossa casa na casa deles."

"Não, Digna."

"Por que não?" Ela pôs sua mão na dele, buscando convencê-lo.

"Não quero ficar sem ele."

"Eu não sabia que você era tão ligado a ele. Não tem grande valor, embora eu goste da forma como imita um Vermeer."

Ele se prendeu àquilo. "Parece-se mais com um De Hooch. O vendedor disse que De Hooch pintava ladrilhos do assoalho no mesmo estilo."

Ela deu um riso de censura, um sorriso de quem percebia muito bem a intenção de desviar o assunto. Ele se sentiu tolo e vulnerável. Ela o conhecia muitíssimo bem. Com certeza ela tinha alguma máxima de Erasmo que advertia sobre as pessoas que tentam canhestramente desviar a atenção. Digna costumava usar seus epigramas favoritos dos *Adágios* de Erasmo como motivos de bordados, às vezes reproduzindo-os em latim, quando gostava de sua sonoridade, como "*Tempus omnia revelat*". Assim, com toda a gravidade, junto à lareira, ano após ano ela bordava no tecido, como se estivesse gravando no próprio coração, a religião erasmiana do pensamento racional: A persistência levou os gregos a Tróia. A árvore má dá um mau fruto. Ninguém é prejudicado senão por si mesmo.

"Por que você não dá a eles um bordado com uma máxima?"

O sorriso dela transformou-se num riso de mofa. "Por que você não quer dar o quadro a eles?"

Ele dirigiu o olhar para os salgueiros às margens do lago. Na atmosfera levemente toldada pela névoa, os cumes dos salgueiros, pendentes e farfalhantes, pareciam-lhe fantasmas acenando.

"Ele... eu o comprei para recordar uma época de minha vida, e por isso não posso me desfazer dele."

“Pensei que você o tinha comprado para mim. Era aniversário de nosso casamento, lembra-se?”

Ela se afastou e se protegeu com a capa. Ele sentiu um leve estremecimento.

“Eu comprei. Eu...” Agora ele a estava perdendo, mas apegou-se à convicção de que eles sempre disseram a verdade um ao outro. “Ele me lembrava uma pessoa que conheci.”

Digna estacou.

“O jeito como ela olha pela janela”, disse ele. “Esperando por alguém. E a mão. Voltada para cima, e tão delicada. Esperando um beijo.”

Digna se voltou. “Vamos para casa.”

Ele olhou para a frente, buscando a filha e seu homem. “E quanto a eles?”

“Eles virão.”

Quando se puseram a caminho de casa, Dirk foi correndo à sua frente, pulando para trás, saltando para a frente novamente, sabendo que em casa iam lhe dar comida. Laurens se sentia um pouco aborrecido com aqueles movimentos bruscos e alegres.

Digna não lhe perguntou mais nada, mas passou a andar mais devagar, esperando. Ele dirigiu o olhar para o lago cor de estanho, agitado e elevando-se em garras pontiagudas pelo sopro do vento, onde ele desafiara o perigo muitas vezes, patinando antes de o gelo oferecer segurança.

“Seu nome era Tanneke. Foi quando eu estava trabalhando na estação de bombeamento de Haarlemmermeer, no ano de 74.” Ele sabia que devia lhe dizer isso naquele momento, para indicar a época, muito remota, muitos anos antes de ter conhecido Digna. “Ela morava em Zandvoort. Eu a conheci em Strand, na banca de *poffertjes*. Passei à sua frente e comprei um saquinho, voltei-me e joguei um em sua boca.” Ele sorriu. “O açúcar refinado entrou no nariz dela.”

Ele queria muito lançar um olhar a sua esposa, para ver se ela imaginava a cena com a mesma doçura e inocência com que ele a relembrava.

Enquanto andavam, o fluir das lembranças fazia com que pensasse em voz alta: "A gente costumava sair para passear. Ao longo das dunas, entre as urzes. Ela gostava de Haarlemmer Hout, conhecia seus caminhos tão bem como Johanna conhece as veredas de Vreeland. Certa vez beijei-lhe a palma da mão, naqueles bosques, sob um abeto onde tínhamos ido nos abrigar da chuva".

"Você estava apaixonado por ela?"

Ele falara demais. Lamentou ter mencionado o caso.

"Com ela eu era... eu era como Fritz." Ele fez um movimento para que ela não visse em seu rosto a felicidade que tivera com Tanneke muito tempo antes.

A maré montante da memória o sacudiu. "Eu fui um tonto. Faltei a um encontro que tinha com ela, acho que para parecer independente. Para fazê-la sentir a minha falta, quando na verdade era eu quem sentia saudade dela. Quando fui vê-la algum tempo depois, ela partira de Zandvoort, e pedira a seus pais que não me dissessem para onde tinha ido." Uma dor pela própria estupidez, por sua passividade ou letargia, atingiu-o com uma intensidade que ele esperava não ter transparecido em sua voz.

Olhando para a frente, ele antes sentiu do que viu Digna afastar-se.

E agora, mais uma estupidez, ferir sua mulher. Eles fizeram o resto do caminho em silêncio, e ele se surpreendeu procurando remontar ao seu passado.

Eles passaram pela fileira de esquifes, e as formas dos ossinhos da sorte, agora invertidas, eram apenas os velhos barcos a remo de seus vizinhos. Passaram pelas hortas dos vizinhos, e ele teve que chamar Dirk para evitar que pisoteasse as leiras de repolhos roxos dispostos numa ordem invejável. Passaram pelo moinho de vento de Vreeland, que trabalhava zelosamente bombeando água do solo para manter sua minúscula ilha à tona para sempre. E eles passavam por um lugar em suas vidas, pensou ele, onde todas aquelas coisas — barcos, hortas, terra seca, amor — poderiam ser mantidas sem esforço aparente.

Dirk corria em largos círculos à volta deles, pulando, chapinhando as poças d'água. Quando chegassem em casa, as patas dele estariam enlameadas e teriam que ser lavadas. Normalmente era Digna quem fazia isso. Naquele dia ele o faria.

Era estranho. Quando você reduz mesmo um amor incipiente aos seus aspectos essenciais — eu a amava, talvez ela me amasse, eu fui um tolo, eu sofri — ele se torna vazio e banal, sem o menor sentido para qualquer outra pessoa. No final, só os momentos que vivemos, o beijo na palma da mão, o espanto partilhado diante da textura vincada do tronco de um abeto ou da infinidade de grãos de areia numa duna. Apenas os momentos.

Ele queria comentar com Digna alguns momentos de sua vida juntos, tão ternos e tão importantes quanto o beijo no bosque. Houve muitos, como na ocasião em que ficaram patinando bem longe na Loosdrechtse Plassen, as vozes dos outros patinadores meros sussurros de tordos enquanto eles rodopiavam sozinhos num universo branco, puro, e ele lhe disse que já a conhecia durante metade de sua vida, vinte e dois anos, sua respiração anunciando aquele milagre com nuvens de névoa, e então ele a beijou ali mesmo no gelo, vinte e duas vezes, agradecido. Ele desejava ardentemente que Digna se lembrasse daquilo, mas a forma como ia andando, empertigada e altiva, apertava-lhe a garganta.

Quando se aproximaram da casa, ele viu que antes de saírem ela acendera uma lamparina na sala de visitas, pensando na volta. A luz amarela e quente através da janela convidava-os a entrar numa casa aconchegante. Ela sempre pensava em coisas desse tipo. Se ele falasse nisso agora, ou lembrasse aquele dia em que patinaram, iria parecer que estava buscando conciliar-se.

Em casa, procuraram ficar longe um do outro, mas tendo plena consciência de cada movimento do companheiro. A atmosfera entre os dois parecia carregada.

Ele queria que ela viesse até ele pois assim poderia afagar-lhe a pele macia das têmporas — uma das partes de seu corpo de que ele mais gostava, na linha onde começam os cabelos —, primeiro tomando-a pelos ombros, depois puxando-a para bem perto de si, dizendo-lhe que era todo seu e que sempre seria, por toda a vida.

Mas ela se ocupava em preparar a ceia, sinal seguro de que não estava propensa à afeição, e então ele não fez o que tanto desejava. Deixar passar o momento lhe pareceu uma circunstância vagamente — e incomodamente — familiar.

Então Johanna e Fritz entraram em casa, falando do trabalho dele em Amsterdã, e Laurens perdeu sua chance.

"Quando o senhor vier nos visitar, papai, vamos velejar", disse Johanna, como para apaziguá-lo.

Para eles, a vida parecia extremamente simples, clara como um cristal polido. Oh, eles haveriam de descobrir. Algum dia eles saberiam. Só com o passar dos anos a pessoa vai descobrindo as dolorosas complexidades.

Falando apenas o mínimo para se manter nos limites da civilidade, Digna serviu o guisado de carnes e legumes e passou boa parte do jantar dando piparotes nos farelos de pão da toalha de mesa.

Johanna, Laurens sabia, achava que a súbita mudança de humor de sua mãe tinha algo a ver com ela ou com Fritz. Quando Digna foi à cozinha buscar o pudim, Laurens tentou tranqüilizar Johanna, sem dizer palavra, fazendo os dedos andarem pela toalha e cobrirem a mão dela, como costumava fazer quando ela era menina, para vê-la sorrir, ou quando queria alcançar Digna, se ela tivesse se afastado dele.

Ele notou que o rosto de Johanna, queimado pelo vento, irradiava o brilho róseo de um pêssego completamente maduro. Observe. Preste atenção. Veja isto e nunca o esqueça, ele quis dizer. Ele olhou para Fritz, que apenas olhava as mãos dos dois, e a confusão em que este se encontrava, sem saber o que pensar naquele momento, perpassou seu rosto. Laurens endireitou-se na cadeira e sorriu o sorriso de alguém perfeitamente consciente de si, deu um sorriso largo como a dizer que não iria renunciar ao seu direito paterno de cobrir a mão da filha com a sua. Não, ainda não. Ou nunca.

Despedindo-se com um toque na aba do chapéu, Fritz foi embora cedo e Johanna, ofegante, tão logo a porta se fechou, voltou-se e disse: "Você não está contente por mim, papai?".

Examinando a beleza de sua face de forma a poder lembrar-se dela dali a vinte anos, ele a puxou para si.

"O amor não é uma coisa absolutamente estupenda? Quer dizer... eu sei que você e mamãe se amam, mas eu não estava preparada."

"Preparada?" A palavra o assustou. Ele sabia que Digna não se dispusera a discutir essas coisas de mulher com a filha.

"Para essa força."

Temendo um tremor na própria voz, ele fez a única coisa que podia fazer: beijou-a levemente na têmpora, antes que ela subisse para o quarto.

Digna pegou seu bordado. O relógio cuco rompeu o silêncio. Ele ficou observando Dirk abrandar, na medida do possível, a expressão de orgulho de sua dona, não obstante o descontentamento desta, aninhando-se em seus pés e soltando um suspiro satisfeito. Por um instante, ele invejou a intimidade fácil de Dirk.

Ele não sabia o que dizer, o que oferecer a ela. Tentou imaginar como ela devia ser quando tinha a mesma idade de Tanneke. Cabelos da cor das folhas de olmo no outono, foi tudo o que conseguiu imaginar.

"Em que provérbio você está trabalhando agora?", perguntou ele, para quebrar o silêncio.

Ela levantou o arco do bordado para que ele visse. Ela acabara de começar o bordado de uma ponte sobre um canal estreito e um salgueiro. As palavras escritas embaixo eram em ponto cruz. "*Ne malorum memineris*", disse ela.

"O que significa?"

Com toda a gravidade, em pleno controle daquele momento, ela baixou o olhar para o arco, deu mais dois pontos, fazendo-o esperar — o fio muito longo e lento, o barulhinho da agulha perfurando o tecido esticado. "Não te lembres das coisas ruins."

Aquilo era algo para o qual ele não tinha resposta.

Pegou seu cachimbo de argila e andou até a borda do canal. O vento amainara mas ele sentiu a umidade da névoa e ouviu famílias de toutinegras ajeitando-se para dormir.

Lembrou-se da maciez de cetim da mão de Tanneke na sua, do peso dela, lassa, voltada para cima, e de como se sentiu galante quando, empertigado e formal, novato no amor, inclinou-se para beijá-la, o dedo mínimo dela curvado exatamente como na pintura, tão inefavelmente delicado, fino como um ossinho da sorte e, ao mesmo tempo, lembrou-se também do débil e comovente pulsar de sua respiração.

Como tantas vezes na estação de bombeamento, e muito depois quando ele contemplava a pintura, ele se punha a imaginar Tanneke e sua trança de cabelos cor de mel, pesados em suas mãos quando ele os destrançava, e como teria sido a sua vida com ela.

Depois daquele último passeio nos bosques de Haarlemmer Hout, ele levara Tanneke para casa — a casa dela tinha um ninho de cegonha no alto de um poste, ele se lembrava — e continuou lá fora até ver sua silhueta através da cortina, subindo com a vela para o seu quarto, aproximando-se da janela para que ele a visse, diáfana e etérea. Ela foi tirando devagarinho o vestido pela cabeça e então, zombando dele, apagou a chama. Ele se sentou no caminho e pensou em todas as partes do quarto que nunca vira, e agora imaginava mais uma vez os detalhes — a pequena lareira de porcelana num canto, com o chão de ardósia onde ela brincava quando criança, seus desenhos pregados nas paredes de um pálido azul, o espelho oval alto em que ela apreciava sua feminilidade, a escova de cabelo com cabo de chifre, a bacia e o jarro para lavar as mãos, provavelmente de louça de Delft, como os da mãe dele, a cama com quatro colunas de mogno torneados, e a colcha, provavelmente cor de pêssego e de menta, da avó dela. E Tanneke nua sob ela. Enquanto ele pensava nessas coisas não vistas, sentia mais uma vez o antigo calor queimar suas veias.

Ele não podia honestamente garantir a si mesmo que aquilo nunca mais iria se repetir.

A vergonha que sentia tornou-o objetivo: era a própria Tanneke que mantinha aquela lembrança viva todos aqueles anos ou tratava-se apenas da euforia do primeiro amor que ele quisera preservar? Só o fato de a pergunta lhe ocorrer já lhe apontava a resposta. Se ao menos Digna pudesse saber... Mas mais explicações só iriam alimentar sua dor.

Ele esperaria um pouco mais para lhe dar tempo.

Por que foi tão importante deixar Tanneke esperar e esperar na estação do bonde? Não podia dizer que fora por causa de seu trabalho na estação de bombeamento. Foi sua necessidade de parecer importante. Mas do que fizera naquela noite — provavelmente alguma coisa com os amigos — não conseguia lembrar-se. Ele andava na margem do canal para preencher o vácuo da memória, mas continuava sem se lembrar.

Por várias vezes tentou encontrá-la, mas não conhecia amigos dela a quem pudesse perguntar. Perder alguém num país tão pequeno parecia ridículo, mas se quisesse realmente ser honesto consigo mesmo, teria que admitir ter havido um certo fastio em sua busca. Por algum tempo ele se contentou com aquele ser imaterial e, mais tarde, quando alguma coisa entre a curiosidade e a saudade o assaltou, se sentiu um tolo em querer intrometer-se numa vida que já ia em meio.

Agora ele sabia — como o soubera uma centena de noites quando olhava a mão pintada delicadamente, voltada para cima, antes de levar a lamparina para o andar de cima — que não havia nada tão vital quanto dar atenção à pessoa amada e consumar os humildes deveres do amor. E isso ele buscara fazer com Digna. Talvez de uma forma discreta que tornava menos repreensível sua cumplicidade de todas as noites com a pintura.

Respirou longa e profundamente para expulsar o passado e orientar-se no presente. Com Johanna já madura para o amor, toda aquela fantasia com o passado parecia ser um desperdício do presente. Uma onda de presente se abateu sobre ele, como a água atravessando um dique, e ele lhe deu as boas-vindas. O prazer partilhado de um bom guisado com cenouras doces, batatas tenras e grandes pedaços de carne, quando voltavam juntos de uma longa caminhada. O encantador cantarolar de Digna na horta. O olhar astuto, quase zombeteiro, e um sorriso apenas esboçado, quando ela sabia que tinha o controle de uma situação, ao que ele aquiescia prazerosamente. Suas palavras melífluas no escuro, ao lado dele: "Qual é a parte do dia de que você mais gosta?". Ao que ele respondia, porque assim o achava: "Agora, tocando você". E então ele sentia um nó na garganta, o expandir do amor em seu dorso. E depois a paz de sua respiração ritmada, regular como um relógio frísio, sua canção de ninar simples e não composta. Eram coisas que ele iria reviver com toda a calma, em algum momento futuro. Como o amor se constrói de forma inconsciente, pensou ele, de momentos comuns.

Ele terminou de fumar seu cachimbo, dando tempo a ela. Digna iria meditar sobre o caso, ele sabia. Ela precisaria de um tempo, mas finalmente iria entender que sua inimiga era a imaginação, e não a memória, se é que ela realmente tinha uma inimiga nessa história.

Digna piscou várias vezes quando ele voltou. Ela estava com a boa camisola cor de lavanda, que raramente usava, e escovava os cabelos, deixando-os cair sobre os ombros. "Aceitei a sugestão do pintor", disse ela com uma espécie de orgulho obstinado.

"Como assim?"

"Parei de costurar." Deu um risinho pálido. "Eu olhei para ela. *Memineris*. Erasmo diz que depois de libertar Atenas das crueldades dos Trinta Tiranos, Trasíbulo fez um decreto proibindo qualquer menção ao passado. Eles chamaram esse decreto de *amnestia*."

Digna. Oh, Digna.

Seus olhos ficaram rasos d'água e ele via sua imagem ondulada, como se através de um vidro, depois apenas um borrão cor de lavanda, e então ele desejou que não existisse nem aquela transparência entre eles. Desviou os olhos para que ela não notasse, fixando-os em Dirk, enroscado e suspirando aos pés dela, e também para não olhar o quadro. Logo ele teria que viajar meio dia pelas estradas sulcadas dos diques para vê-lo. E seria observado. Imaginou horrorizado o novo provérbio emoldurado declarando em pontos caprichosos seu decreto de silêncio e anistia, pendurado no retângulo desbotado na parede cor de creme. Não, Digna não faria isso. Ela não o colocaria ali.

Involuntariamente, olhou para ver se o quadro ainda estava pendurado em seu lugar.

Depois de um instante, ele disse: "Se em vez de olhar através da janela a menina estivesse olhando para dentro, para nós, com certeza iria ver que somos criaturas dignas de inveja".

Aquele meio sorriso perpassou seu rosto. "Se você olhar bem", disse ela mansamente, "para dentro ou para fora, vai ficar feliz em ser o que é."

Se ela disse aquilo à guisa de observação ou de exortação ele não pretendia perguntar, nem imaginar.

Azuis-jacinto

Eu esqueci, tenho vergonha de confessar, seu rosto.

Não, não o de Gerard. O dele.

Mas não faz sentido você ficar chocada agora. Dá manchas no rosto e você não vai querer isso. Eu não queria contar a ninguém, porque tem umas partes, tem umas partes... mas, como você pediu conselhos sobre esses assuntos, vou contar a você. A verdade, que eu não amava o marido que meu pai escolheu para mim, eu a escondi com mais cuidado do que um seio.

Isto é, até que *o* vi pela primeira vez. Ele estava tocando numa pequena orquestra naquele Mauritshuis de tijolos negros — a nova sinfonia *Heróica*, que nós afinal ouvimos em Haia, dois anos depois que minha irmã a ouviu no Beauvais —, vestindo uma elegante sobrecasaca marrom-arroxeada e um colete de chamalote vermelho com listras roxas e finas. Seus calções em nada se pareciam com os mesmos e velhos calções de seda que Gerard usa o tempo todo. Eram de camurça, atados com laços e descendo até certa altura da perna. Definitivamente, ele não era um holandês.

Tenho uma ou duas coisas a lhe dizer sobre os holandeses, e fico contente que tenhamos toda a tarde. No concerto do Mauritshuis, por exemplo, a moda Luís XVI, com dez anos de atraso, ainda estava em evidência, vistosa demais para não humilhá-los, mas, milagrosamente, eles a usavam sem nem ao menos parecer notar. Aquela mulher estreitamente ligada à Casa de Orange, a ex-baronesa Agatha van Solms, que meu marido achava encantadora, ainda usava saias-balão. E os penteados! Ela achou uma boa idéia recordar as contribuições de sua família à história naval da Holanda construindo um navio, acho que uma belonave, no alto de uma fileira horizontal de cachos cadogam — àquela altura, ninguém mais usava cachos cadogam —, como se o navio estivesse enfrentando bravamente aquelas ferozes ondas louras. Em sua popa ela colocou uma minúscula bandeira. Era a bandeira da República Batava, o que revelava prudência. Uma maneira barata de mostrar o papel da Casa de Orange nas conquistas marítimas, se você quer saber. Acrescente-se a tudo isso o fato de que ela ainda adotava a odiosa prática de amarrar um lenço de veludo vermelho no pescoço para expressar sua simpatia por aqueles que foram pegos por Madame Guilhotina. Nem um pingo de bom gosto.

Agora não vá me dizer que gosto de escarnecer e de criticar. Você não foi obrigada a morar lá. Além disso, havia uma coisa holandesa que eu amava. Era um pequeno quadro, que Gerard comprou para mim, de uma jovem cuja pele tinha a luminosidade de pêssegos diáfanos. Ela olhava por uma janela aberta com uma expressão muito doce e muito inocente, embora a princípio eu a tivesse achado um pouco vazia. Sabe, os aldeões se encontram separados uns dos outros pela água, sempre pela água. Isso faz com que muitas mulheres sejam um tanto estúpidas ou tenham uma aparência um tanto bovina. Contudo, a menina devia ter pais que a amavam, e isso despertava em mim ternura e melancolia. Acho que era inveja, por causa da minha própria esterilidade, que começara a aborrecer Gerard desde um pouco antes, quando estávamos em Luxemburgo.

Coloquei o pequeno quadro na salinha de visitas, acima de uma cadeira de veludo azul que acentuava o azul da túnica da menina, que caía em dobras graciosas de um exuberante azul profundo, o de jacintos tenros, quando as flores estão começando a se abrir, não o azul mais pálido de quando fenecem. Se eu tivesse uma filha, eu só a vestiria com as cores dos mais novos jacintos e tulipas. E, da mesma forma como minha irmã Charlotte faz com sua Cherise, eu a faria desfilar toda primavera na Promenade de Longchamp. E ela usaria pérolas. Então andei me informando na guilda dos artistas sobre a possibilidade de pintar um colar de pérolas em volta do pescoço nu da pobre menina.

Gerard disse que o quadro era de um artista menor, um certo Johannes van der Meer. Aquilo para mim não tinha a menor importância. A menina era encantadora, e eu a defendia de todo o coração.

A princípio pensei que o presente era uma medida apaziguadora, para que eu me acomodasse por mais um ou dois anos, até ele conseguir uma colocação que nos permitisse voltar para a França. Aconteceu depois que Gerard passou um mês inteiro em reuniões com a ex-condessa Maurits van Nassau, no Mauritshuis, reuniões em que se tratava de uma renúncia de renda, ou pelo menos foi o que ele disse, se bem que agora eu sei que não era bem isso. E ali estava, minha cara, o verdadeiro motivo para presentes tão encantadores. Por isso temos que ter cautela.

Visto que a condessa Maurits era a anfitriã do concerto e uma graciosa lady sob todos os aspectos, fui visitá-la no dia seguinte ao do concerto, naquele verdadeiro mausoléu que é o

Mauritshuis, onde ela morava, não consigo imaginar como. Ela me recebeu num salão decorado com azulejos azuis e brancos na lareira e pratos de louça de Delft azuis que cobriam prateleiras e aparadores. E esses pratos eram decorados sempre com pontes que se projetavam em arcos sobre rios, e lânguidos chorões. Quem iria querer ficar cara a cara com esse símbolo da melancolia? Eu já tinha problemas demais, muito obrigada. Pobre mulher, ela não conseguia ter um tapete Ishfahan razoável, nem mesmo um Hamadan. Tinha apenas um tapete flamengo, e chintz por toda parte, e dois relógios cucos frísios grasnando o tempo todo — era de matar de tristeza.

Embora despojada de seu título pelo imperador, ela ainda exibia sua opulência no amplo busto, um pouco como suspiros murchos, é triste dizer, o esquerdo marcado com um pequeno sinal, mas disso eu não tinha muita certeza; talvez fosse um sinal pintado. Ela me informou que o violinista era o senhor C..., recém-chegado de Paris, e que dentro de poucas semanas iria se apresentar como músico convidado tocando a Sinfonia nº 40 em sol menor, de Mozart, com a Orquestra Nacional, a antiga Orquestra Real, no Binnenhof.

"Oh, eu adoro tonalidades menores", sussurrei. "A técnica de seu arco, da qual não tenho autoridade para falar, me arrebatou." Lancei-lhe um olhar suplicante ao pronunciar essas últimas palavras.

Com a intuição da mais sutil das mulheres, certamente resquício de seu título perdido, ela deu um sorriso compreensivo. "Ele vai passar o verão no Oude Doelen."

Aquilo era tudo o que eu queria.

Haia era pequena, do tamanho apenas de três ou quatro dos grandes quarteirões de Paris e suas cercanias. Eu conhecia o Oude Doelen. Gerard e eu ficamos lá enquanto a casa onde nos instalaríamos durante sua missão estava sendo preparada para nós. Mas em primeiro lugar eu tinha que conseguir um convite para o concerto no Binnenhof. E, em segundo, eu tinha que arranjar um vestido novo.

Não havia tempo a perder. Nenhuma costureira da Van Diemensstraat conhecia a moda de Paris. Tampouco eu, exilada como me achava, primeiro em Luxemburgo e depois em Haia, enquanto os salões de Josefina explodiam com novas modas. E as minúsculas lojas holandesas de nada adiantavam. Elas pareciam celas vazias. Por que eles não podiam contrabandear peças de seda como faziam com barris de salitre? Isso só se explica pela estupidez dos holandeses.

E mais uma coisa: você devia dar graças à Santa Virgem, minha cara, pelo fato de Deus a ter poupado dos cruéis fabricantes de espartilhos de Haia. Garanto-lhe que eles não têm um pingo de dó — o ressentimento do conquistado contra o conquistador —, nenhuma palavrinha de apoio na hora da prova, ao contrário de Madame Adèle, minha espartilheira, que costuma dizer — parece que a estou ouvindo: "É só uma questão de ajeitar a pele, madame". Você devia mesmo procurá-la. Ela faz maravilhas em levantar o que está caído. Rue Saint Honoré, pertinho da Place Vendôme.

Ainda assim, saí a campo para renovar minhas roupas, não exatamente da cabeça aos pés, mas do ar até a pele, por precaução. Minha irmã Charlotte escrevera-me dizendo que as mulheres estavam começando a vestir calças compridas sob as saias, e então as descreveu. Ainda que fossem feitas de linho fino, oh, o desconforto de ter roupa raspando naquele lugar. Discretamente, perguntei em algumas lojas. Como não tinham ouvido falar em tal coisa, olhavam-me de esguelha, por isso tive que me contentar em ficar sem elas, ainda que aquilo me afligisse um pouco. Com certeza o senhor C... sabia mais do que estava sendo usado em Paris do que eu, e detesto ser pega em falta.

Mas onde foi que eu parei? Ah, sim. No Binnenhof. Um palácio sem graça visto de fora, que se estendia ao longo da margem sul do Vijver. Mas ele logo se redimia quando se entrava na Trêves Zaal, onde haveria o concerto, um esplêndido hall de recepção branco e dourado imitando o estilo Luís XIV, igualzinho à Galerie Dorée do Hôtel de Toulouse. O teto pintado era um verdadeiro sonho, com nuvens e querubins, e assim fiquei propensa a imaginar que os violinistas, especialmente o senhor C..., estavam descendo até nós, vindos do Céu.

Abri caminho para a primeira fileira de cadeiras e Gerard veio atrás de mim. Os músicos já estavam sentados, e lá estava ele, primeiro violino, concentrado na afinação da orquestra. O enfeite de renda branca roçava-lhe o queixo como creme *chantilly*. O primeiro movimento, *molto allegro*, era uma melodia lépida — tra-la-lá, tra-la-lá, e suas mãos voando de um lado para outro me encantaram. Sentindo dificuldade de respirar, eu agitava o ar com meu leque. Para grande sorte minha, o gesto parecia atrair a atenção do senhor C...

Ele me notou. Sim, tenho certeza.

Durante o longo *andante* suas pálpebras se fecharam de forma provocante sobre seu instrumento, e o braço em que estava o arco acariciava as cordas como se fossem as fibras do coração de sua amada. Ele tocou o *andante* com tal delicadeza que eu quase desmaiei. Ele deve ter sido um menino prodígio, o queridinho de uma mãe que morria de amores por ele. No quarto movimento eu estava tonta, em verdadeiro êxtase. Você sabe como é isso, ou não teria me perguntado.

Eu não saberia dizer o que se passava com Gerard enquanto todas essas coisas aconteciam. Ele se ocupava cada vez mais com suas colunas de cifras, com suas tarefas, e principalmente com a nobreza holandesa, cada vez mais privada de seus privilégios. Ele comprou um quadro de um artista holandês e começou a fumar um cachimbo de porcelana comprido. Meu marido, sinto dizer, estava se tornando holandês.

Não tenho bem certeza mas sua defecção pode ter começado um ano antes. Lembro-me de que estávamos no fim da primavera porque o jacinto de minha penteadeira já mostrava aquele azul triste e pálido, quando sua fragrância era mais penetrante, por ser aquela sua última oferenda. Eu ainda não tinha realizado minhas glórias matinais, isto é, meus ritos matinais na penteadeira. Ainda não tinha colocado creme nem pó, e estava sem meus cachos. Estava me depilando quando Gerard me disse alguma coisa que não ouvi; para falar a verdade, embora agora eu me arrependa, eu o ignorei porque não consigo pensar, e muito menos falar, quando estou pintando o rosto.

"Claudine!", disse ele, tão alto que me assustei e deixei cair a pinça.

A idéia de amantes vivendo juntos é uma coisa muito complicada. Uma pessoa pode ser pega muito desprevenida. Quando você chegar à minha idade vai entender.

Pelo espelho eu o vi olhando para mim, sentado na beira da cama sem seus calções e também sem as meias, as pernas cabeludas pendendo do pé da cama como uma aranha.

Virei-me para ele e disse-lhe suavemente: "O que é, *mon cher?*". Seja sempre delicada, em qualquer situação. A gente nunca sabe o que está passando pela cabeça deles.

Ele não disse o que pretendia dizer, as palavras devem ter esvoaçado feito mariposas, mas ele estava com o olhar de um homem a quem aconteceu algo. Seu olhar era aflito, como se acabasse de descobrir que tínhamos esgotado todas as nossas possibilidades, que o filho com que sonhara nunca haveria de existir. Acho que de repente lhe ocorreu que tínhamos parado de tentar ter um filho. Naquele instante receei que qualquer controle que tivesse sobre ele estivesse me escapando. Depois daquilo, meu coração ficou pesado.

Fui educada na crença de que, quando uma pessoa se casa de acordo com o desejo da família, com tempo e paciência o amor termina por vir, por isso eu me propusera a amar, ainda que não soubesse muito bem por que estava lutando. Oh, houve momentos de paixão, mas aquilo era amor? Para responder a sua pergunta, tenho uma visão muito sentimental do amor. Para mim, amar significa que uma pessoa poderia arriscar tudo, sacrificar tudo, superar e resistir a tudo para ser um só com o ser amado. Eu acalentava a idéia — que recebi de minha tia na Provença — de que se alguém age com muita paixão em todas as coisas, então a paixão haverá de corrigir qualquer infortúnio que o destino lhe reserve. Mas depois daquele olhar — os olhos de Gerard fitando-me absolutamente desapontado, como se o mundo tivesse mudado e ele finalmente o visse como de fato era, e nunca mais pudesse achá-lo belo —, depois daquele olhar eu já não estava tão certa da doutrina de minha tia.

Tentei fazer o melhor que pude, pois lá à sua maneira ele era muito generoso comigo — ele me deu uma pintura com uma menina, que era do meu gosto, e não com um menino, que era do dele, entende —, embora também fosse muito generoso com os outros também. Não era nenhum segredo que ele tinha andado muito ocupado durante seu tempo de *ministre d'impôt*, arrecadando cem milhões de florins por ano para o imperador, mas percebendo também taxas menos tangíveis de alguns membros da nobreza holandesa desprestigiada, especialmente da ex-baronesa da Casa de Orange, com uma bandeirinha plantada no penteado. Resolvi esquecer esse assunto, e durante o ano seguinte procurei me ocupar com coisas agradáveis, como organizar passeios aos campos de tulipas de Haarlem na primavera, enfrentar, no verão, o rigoroso vento do mar em

Schveningen, tiritando, na praia, naquelas cadeiras de vime engraçadas, e no inverno ir esquiar no Huis ten Bosch. Certa vez, no gelo, Gerard, que quase caiu, deixou escapar um gritinho de medo e riu de si mesmo, procurando num impulso a minha mão, e eu senti uma imensa ternura por ele, embora não pudesse chamar aquilo de amor. Para se firmar, ele buscaria apoio em qualquer mão.

E agora, graças à condessa de Mauritshuis, eu sabia que o senhor C... poderia, com suas estonteantes variações sobre um tema, afastar de mim o desespero de minha inquietação.

Mandei uma mensagem para o Oude Doelen, convidando-o a montar, com mais três músicos de sua escolha, um quarteto de cordas para dar um concerto de câmara em nossa casa, "uma ampla mansão de pedra no Vyerburg", escrevi, para que ele soubesse que teria um bom público. Ele respondeu delicadamente, e com esse encorajamento fui visitá-lo no dia seguinte para combinar os preparativos. Quando ele me recebeu, a imaculada brancura de sua gola de linho me fez desfalecer, mas felizmente, graças aos meus sais e a sua mão firme em minhas costas, consegui me recuperar. Fiz o convite com a respiração suspensa. Isto é, resolvi não respirar novamente até ele concordar. Ele inclinou a cabeça refletindo, arqueou uma sobrancelha primorosamente depilada, ajeitou a renda do punho, deu um leve sorriso ensaiado e sugeriu que fizéssemos um passeio de carruagem ao Bosch, o grande bosque que ficava próximo à cidade.

Nós o fizemos, com as cortinas fechadas. Estava tão abafado naquela caixa fechada e estrepitosa — estávamos em julho — que não pude suportar. Meu fichu estava colado na umidade de minha nuca e, na parte da frente, também nos meus seios. Não tive escolha senão tirá-lo. Na meia-luz eu descobri, quando baixei o olhar obliquamente — de uma forma coquete, espero —, que no seu colete havia toda uma paisagem bordada em *petit point*. Quando tomei a liberdade de passar minha mão pelo bordado, ele cobriu minha mão com a sua, apertando-a contra si, um sinal seguro de que ele concordava em reunir um quarteto. Eu podia respirar!

"Haydn é *de rigueur*", disse ele, "mas posso sugerir também o quarteto em dó maior, de Mozart? É chamado de '*Dissonante*'. Isso a assusta?"

"Ao contrário, parece emocionante."

"Começa com um baixo pulsante, como a batida do coração de um homem na expectativa da plena realização, e então vai se elevando e atingindo o seu ápice à medida que a ele se juntam notas mais agudas."

"E atinge... um *crescendo*?"

"Numa sublime consumação."

"Então vamos pôr no programa."

Na semana seguinte ele me mandou um recado por um mensageiro informando que já tinha os outros membros do quarteto, e alguns dias depois fiz-lhe uma outra visita para discutir a lista de convidados e completar o programa musical da noite, o que fizemos enquanto dávamos um passeio pelas margens do Vijver salpicado das plumas dos cisnes que nadavam por ali.

"É sempre de boa política", disse eu, "ter alguns patriotas entre os convidados, por isso convidei as famílias de Leopold van Limbourg Stirum, Gijsbert Karel van Hogendorp e Adam van der Duyn."

"Você sabia que os cisnes se acasalam para toda a vida?", perguntou ele. "O que você acha disso?"

"Uma tolice. Está vendo como suas cabeças são minúsculas?"

Na noite do concerto de câmara, vesti-me de seda cordoada, da cor do jacinto, como a túnica da menina da pintura, não muito berrante, mas de chamar a atenção. Num último minuto de inspiração, mandei nosso criado procurar jacintos por toda a cidade, para ornamentar o grande salão. O perfume seria inebriante. Enquanto esperava sua volta, fiquei andando pelas salas, sentindo o suor nas axilas e nos seios. Tomei mais um banho de banheira, jogando água fria no pescoço para me acalmar e ouvindo os ruídos da casa — Gerard, vestido em seu roupão, cantarolando desafinado, mas com alegria; passos em *staccato* no assoalho de mármore, cadeiras sendo arrumadas no salão, vozes abafadas dando instruções: "Não, madame disse que é para colocar *ali*", e "Madame disse que não é para acender as lamparinas na sala de visitas e a *petite salle* deve ficar sem iluminação". Iria ser tão maravilhoso, para onde quer que olhássemos, aquelas intrépidas e doces hastes de todos os matizes de azul erguendo-se rijamente como, como... sim, bem, aquela haveria de ser uma noite, disse para mim mesma, em que as senhoras, banhadas em cintilante luar, se alimentariam de flores embebidas em mel.

Quando finalmente o criado chegou, logo percebi que o verão já ia muito adiantado. "Não há jacintos, senhora. Sinto muitíssimo. Fui a todas as lojas de flores." Ele me mostrou uma flor manchada que, lamentavelmente, havia muito perdera o viço. Para evitar comparações, achei por bem não a expor.

O grande salão tinha um brilho dourado, com novos círios nos candelabros. Os convidados, figuras em tons suaves, deslizavam pelo assoalho preto e branco de ladrilhos tão perfeitamente polidos que toda a superfície parecia revestida de vidro. Em meio ao espocar de risos, Gerard se curvou galantemente para beijar a mão da mulher de Orange, a tal Agatha do penteado ridículo que, não havia dúvida, estava costurada dentro do vestido. Vasculhei o fundo do meu coração para encontrar afabilidade para saudar aquela mulher com toda a gentileza, mas a pena de um pássaro fixada em organdi em seu chapéu em forma de cabriolé tombava para a frente cada vez que ela balançava a cabeça, de forma que parecia estar bicando comida. Eu não estava em condições de responder por mim.

De repente, lá estava ele!

Usava uma casaca lustrosa com motivo de escamas verde-mar. Quando se voltou para saudar Gerard, pude ver as abas que se afinavam em pontas, como a cauda de um bacalhau. Visto de trás ele se parecia, *mon Dieu!*, ele se parecia com um peixe, um verdadeiro peixe! Eu não conseguia respirar. Eu não conseguia pensar. Ele começou a abrir caminho em minha direção quando foi interceptado pela condessa Maurits, e depois por outras, e tive que me contentar em saudá-lo, sem trocar uma palavra em particular.

Durante a peça de Haydn adotei uma atitude que, imaginei, iria agradá-lo — a de uma pessoa elevada e sonhadora. Inclinei-me para a frente para mostrar que estava muitíssimo interessada, embora isso me custasse uma pontada na altura dos rins, e as hastes verticais do meu espartilho comprimiam meu estômago — o que não aconteceria se estivéssemos em Paris, que era nossa terra.

Observei que Gerard estava olhando a sala distraidamente, sem prestar plena atenção à música. Como alguém podia não ficar com os olhos pregados nos músicos?

Concentrei-me na boca do senhor C..., franzida num lindo biquinho quando ele tocava algum *allegro.* Suas mãos ágeis e leves como pássaros. E como tocava! As fibras de meu coração vibravam. Poder criar aqueles sons tão celestiais, aqueles tons, ter o poder de elevar assim o espírito — era de espantar que ele despertasse minha paixão? Mexendo com o meu coração como mexia, seria aquilo o desabrochar do amor? Eu não estava bem certa de saber reconhecê-lo. O amor é aquilo que faz uma pessoa inquieta ou que lhe dá uma grande paz interior? Essa idéia me parecia velha demais. Como um queijo. Eu preferia o esvoaçar dos pássaros, e minha mente exultava, sob seu fascínio, apesar de todo Mozart.

Depois de passar um certo tempo entre os outros convidados, por uma questão de discrição, aproximei-me dele, disse-lhe que ele tocava como um anjo, e deixei que beijasse minha mão. Não foi difícil, depois disso, atraí-lo para a sala de visitas. Bastou dizer que eu tinha uma pequena obra-prima holandesa para lhe mostrar. "A pintura de uma jovem, uma virgem", escarneci, embora agora eu sinta vergonha de tê-la usado daquela maneira. Passando pela *petite salle*, apaguei a lamparina, depois tomei sua mão e levei-o à sala de visitas às escuras, e mais que depressa fechei a porta atrás de nós. Não se podia ver nada.

Contei seis passos até o divã e, com um suspiro, entregamonos a uma pecaminosa luxúria. Ele me beijava. Eu o beijava, e descobri, com a pontinha de minha língua, um calo do lado esquerdo do seu queixo. Com um sobressalto, entendi que ali devia ser o lugar onde ele prendia o violino, uma moléstia profissional que eu podia perdoar, tendo em vista a graça de seu estilo.

E eu perdoei, porque suas mãos me tocavam como a um instrumento amado. Ele dedilhava minha garganta *pianissimo* e executava um *glissando* descendo pela minha espinha. Seu prelúdio, um *arpeggio* trinando por todo meu ser. Seu dedilhado, tudo o que eu sonhara.

Desesperadamente, ele se azafamava por entre vestido, saiote, anágua, crinolina e camisa, e pensei, sentindo-me grata, quão inconvenientes seriam as calças compridas numa ocasião como aquela. Um resfolegar ensurdecedor, e todo aquele frufru. Será que ele estava sufocando lá embaixo? Para não ser indelicada, só vou dizer que suas cordas se tumefaziam num *vibrato*. Ele deu um leve gemido, em *tremolo*, terminando por cantar uma nota aguda, em *falsetto*.

Era imaginação minha ou eu ouvira mesmo um diabólico riso abafado? Com certeza feminino. Não estávamos sós! Além do mais, provavelmente fôramos vistos entrando pela porta naquele momento inspirado. Se eu acendesse uma lâmpada iria descobrir quem era, isto é, quem iria receber, e logo, um generoso presente para ficar de bico calado. Sob meu vestido encapelado, o senhor C... se agitava, e parecia prestes a iniciar o segundo movimento, mas eu estava tão perturbada por aquela presença, pelo frufu do tecido — era tafetá —, que todo o prazer com que eu sonhara durante semanas sumiu depressa como uma apojatura. Tentei imaginar quem poderia estar usando tafetá àquela altura do verão. Afastei-o de mim, tateei em busca da mesa, risquei um fósforo, e no primeiro bruxuleio eu vi, na cadeira sob o casto olhar da menina da pintura, com os calções abaixados como um ganso depenado, Gerard.

E, com ele, não a Agatha, aquela criatura com o ninho de pássaro na cabeça, mas a condessa Maurits, ambos olhando para nós dois.

Fui pega, sim, mas também liberada, ao mesmo tempo. Graças aos céus! Isto iria me mandar de volta a Paris!

Eu tinha apenas uma alternativa. Mais que depressa, embora sem um sapato, atravessei a *petite salle*, entrei no grande salão e conduzi a baronesa de Orange para que ela o visse naquele estado. Querendo ou não, Agatha van Solms iria admitir a infidelidade de seu amante.

Sob todos os aspectos, aquela foi uma noite memorável. Eu não trocaria um milhar de tranqüilos dias de verão por ela. Quando, ao raiar do dia, me enfiei sob os cobertores, Gerard ainda estava enfurecido.

"Como você ousa comprometer minha posição aqui? Você sabe muito bem que amanhã toda Haia saberá disso, não é?"

Acho que aquelas foram as últimas palavras que ouvi naquela noite enquanto virava para o lado, cobria a orelha com os lençóis, e me lembrava, com um riso de mofa, da forma como, quando voltei pela *petite salle* rebocando Agatha como um batelão holandês, me choquei com o senhor C... saindo de mansinho. Caí no sono pensando: pena que não conseguimos jacintos.

Não era o caso de guardar rancor. O fato de eu não o acusar por suas várias infidelidades; de não atacar a matrona do Mauritshuis que, que Deus a perdoe, me introduziu nos prazeres dos salões musicais holandeses; o fato de, na verdade, eu ser indiferente às inconveniências de meu marido era uma prova, principalmente para mim, de que nosso amor era uma coisa morna e sem cor. Haia era, todo holandês afirmava com orgulho, a capital da razão acima da paixão. Assim sendo, aquilo que me ensinaram a temer, agora eu abraçava. A traição — dele ou minha, não importa — me libertava. Melhor ir embora rapidamente do que ser motivo de censura e reprovação, do que ser assunto de cochichos por trás de leques de linho, fora do alcance dos ouvidos das filhas. Uma temporada entre as dentelárias na casa de veraneio de minha tia na Provença, e depois eu voltaria a Paris, ficaria na casa de Charlotte, onde haveria teatro e ópera que não me deixariam pensar. Ah, que sublime suspiro a gente dá quando desamarra o espartilho, de que maravilhosa liberdade eu poderia usufruir, apenas com uma viagem de carruagem de volta a Paris.

Mas com que eu iria pagar a viagem? Impossível esperar que meu pai me mandasse dinheiro. Isso levaria umas duas semanas. E haveria perguntas. Seria inconveniente ficar ali uma noite a mais, além do necessário. Eu tinha que pensar. Daquela vez, eu realmente tinha que pensar. O que eu podia fazer? O que eu tinha?

Com uma pontada de dor, me veio a idéia... o quadro.

Procurando não olhar, embrulhei-o em musselina na manhã seguinte e chamei a carruagem. Teria que me virar sem os documentos, pois Gerard os guardava em sua caixa-forte. Comecei pela loja de Van Hoep, mas lá encontrei apenas bugigangas. Levantando-me como para ir embora, com a musselina na mão, não conseguia tirar os olhos da menina da pintura. O que antes eu via como vazio em seu rosto agora me parecia absoluta inocência e profunda calma que me causavam dor. Não era apenas um aspecto de sua juventude, mas algo mais sutil — uma natureza espontânea, sem artifícios. Eu o via em seus olhos. Aquela menina, quando se tornasse mulher, iria certamente arriscar tudo, sacrificar tudo, superar e resistir a tudo para ser um só com seu amado.

"Isto é muito mais que uma vistosa curiosidade, meu senhor", disse eu. "O senhor está contemplando a própria essência do espírito virginal."

Havia, então pensei, algo de indecente em nos comportar como o fizemos diante dela. O choque em sua sensibilidade deixaria marcas indeléveis.

"Você tem certeza de que é um Vermeer?", perguntou o comerciante.

"Absoluta. Existem documentos, mas no momento não estão comigo."

"E esses documentos comprovam..."

"Que ele foi pintado por Jan van der Meer de Delft e leiloado em Amsterdã há cerca de um século. Não me lembro quando nem onde." Sacudi meu lenço para indicar que aqueles detalhes não tinham importância.

"Não há assinatura. Se houvesse alguma probabilidade de os documentos afirmarem ser um Van Mieris, eu lhe daria duzentos florins, mas por apenas um Vermeer, ora."

Embrulhei o quadro novamente e fui embora sem dizer mais uma palavra, levei-o a um segundo comerciante e disse que se tratava de um Van Mieris.

"Tem certeza de que não é um Vermeer?"

"Tenho."

Ele também pediu documentos mas, sem papéis que comprovassem tratar-se de um Van Mieris, me ofereceu apenas vinte e quatro florins. A quantia mal dava para pagar a viagem para Paris e as hospedarias do caminho. Aceitei e chorei o tempo todo na carruagem, quando voltava para casa.

Grâce à Dieu, Gerard estava no ministério. Mal tive tempo de escrever a Charlotte: "Estou fugindo para a França. Prepare papai. Vamos passar o resto do verão na Provença".

Quando, com as malas já na carruagem, finalmente embarquei, não me vieram lágrimas, mas uma vontade de chorar que não tive dificuldade em controlar. Gerard iria sobreviver, e prosperar. Se havia algo por que chorar, não era Gerard nem o senhor C..., nem mesmo a minha pessoa. Era a pintura, porque agora ela iria atravessar os anos sem certificado, um filho ilegítimo, e toda ilegitimidade, seja de quadros, de filhos, seja de amor, era uma fonte de lágrimas mais genuínas que quaisquer outras que eu pudesse verter ao partir.

De qualquer modo, o amor, tal como eu o conhecia, era uma bobagem: toda aquela história de sangue fervendo nas veias e corações palpitantes, toda aquela história de olho no olho. Pense de forma realista, minha cara. De qualquer modo, quem deseja ficar examinando uma narina trêmula? Se realmente aquilo era amor, não bastava. Vim a entender que saber o que o amor não é tem tanta importância, embora seja uma coisa infinitamente menos satisfatória, quanto saber o que ele é. Olhando pela janela da carruagem os homens e mulheres curvados sobre as planas plantações de batata, resolvi ser tão contente quanto a menina que olhava através de sua janela iluminada pelo sol. Pode-se dizer muita coisa sobre simplesmente sentar e pensar. A vida não é, nem foi, uma *fantaisie,* mas a gente ainda pode se divertir, não? E quanto ao senhor C..., embora eu não me lembre de seu rosto, ainda rezo uma *ave* por ele todo Domingo da Paixão na Igreja da Madeleine, como forma de lhe agradecer, do fundo do coração, pela minha ressurreição.

Luz da manhã

Saskia abriu bem cedinho as venezianas e olhou pela janela sul do andar superior, na segunda manhã depois da inundação. Sua casa de fazenda era uma ilha isolada do mundo. Vapores em vários tons de cinza tornavam indistintas as outras quatro casas da vizinhança, embora a água brilhasse como o estanho polido da cozinha de sua mãe. Que as águas que estão debaixo do firmamento se juntem num mesmo lugar, e apareça o elemento árido, e assim se fez, pensou ela. Mas assim *não* se fez. E a vaca teria que ficar no andar de cima com eles, até que *assim se fizesse*, por mais que a inundação durasse, sujando o soalho e ocupando metade da sala.

Ela se debruçou no parapeito da janela e olhou, em meio às águas, o olmo sem folhas, tão pequeno e tão novo que tinha apenas alguns galhos acima da superfície, para ver se suas galinhas estavam nele. Talvez Stijn as encontrasse naquele dia. O que ela mais sentia era a perda de Pookje. Ela era uma beleza, com aquelas penas castanhas no papo, macias como cabelos de bebê. E a forma como se erguia, altiva e orgulhosa, para mostrar o ovo perfeito que tinha posto. Então Saskia sentiu vergonha. Outros tinham perdido mais que umas poucas galinhas.

Ela e Stijn não perderam praticamente nada. No dia da inundação ela subira dezenas de vezes para o andar de cima, carregando móveis e comida, sempre seguida pelos grandes olhos castanhos da vaca. Procurou fazer com que as crianças vissem aquilo como uma brincadeira, e chegou a descer até a água fria para ver se resgatava mais alguma coisa quando as águas já tinham subido. No final do dia suas pernas doíam e estavam bambas e moles como trapos. Saskia achou que Stijn ficaria satisfeito por ela ter levado tanta coisa para o andar de cima, mas quando ele chegou e entrou pela janela depois de ter trabalhado no dique do Damsterdiep durante dois dias seguidos, deu uma olhada na bagunça, viu a roda de fiar da avó dela em cima de blocos de turfa empilhados às pressas e disse: "Será que vamos precisar de tudo isso?".

Ela o perdoava. Ele estava exausto e preocupado.

Agora, pela janela do lado sul, ela via alguma coisa escura flutuando na água bem longe, girando como se de moto próprio, primeiro para um lado, depois para o outro.

"Stijn", disse ela. "Quer vir dar uma olhada naquilo?" Saskia sentiu a mão quente do marido em seu ombro, enquanto olhavam juntos. Nos últimos tempos — e ela sabia que isso o aborrecia — ela procurava explorar qualquer toque casual ou encontro fortuito como uma possibilidade amorosa, por isso ficou falando pausadamente, para que ele não tirasse a mão de seu ombro. "Aquilo que está boiando ali não é a égua de Boswijk?"

Ela se virou para vê-lo apertar os olhos, para ver aquelas novas e queridas linhas se espalharem em leque a partir dos olhos.

"É, sim, com certeza." Ele pegou o casaco de pescador e desceu pela janela norte, do outro lado da casa, onde amarrara o barco.

Marta e Piet deslizaram da cama e ficaram gritando ao lado da mãe, olhando pela janela, trepados no baú de roupas. "Olhe", disse Marta naquele tom superior, de quem sabe tudo, do alto de seus quatro anos de idade. "Os cavalos também sabem nadar."

"Aquele cavalo não está nadando. Ele é muito alto e pode ficar com a cabeça fora da água, só isso", disse Piet.

Saskia deu um pedaço de queijo para cada um. O pão acabara. Ela tinha que aprender a fazer pão no pequeno braseiro de turfa.

"Saskia!" A voz de Stijn encheu-a de susto.

Ela se espremeu entre a vaca e um saco de sementes para chegar à outra janela. Do barco a remo, Stijn levantou na direção dela alguma coisa plana embrulhada num cobertor. Ela dobrou o corpo para fora da janela. O objeto não era pesado, mas deslizou de sua mão sob o cobertor e caiu na água barrenta. Stijn apressou-se em recuperá-lo, balançou o barco, agarrou-o, tirou o cobertor e ergueu novamente um quadro. Ela o colocou em segurança no parapeito da janela e contemplou a bela jovem que olhava por uma janela.

"Que é isso, mamãe?", perguntou Marta.

"Meu Deus!" ela ouviu o marido dizer. "Saskia!"

Ela se debruçou para fora da janela e ele ficou de pé no barco e lhe passou, com mais cuidado, um bebê dentro de uma cesta, depois pegou os remos.

"Um bebê! Alguém colocou um bebê em nosso barco", disse Saskia.

"Um bebê. Um bebê!", repetiu Piet. Ele tinha cinco anos, idade em que imitava tudo o que ouvia, e em que tudo neste mundo provoca risadas.

À medida que desdobrava o cobertor, o bebê ia ficando cada vez menor. Era tão novinho, o rosto ainda cor-de-rosa e enrugado. Quando ela viu o xale de cor triste, de um azul opaco entremeado com verde-cinza, suas mãos tremeram e ela parou, pois sabia que o xale só podia ser da mãe.

"Quem, mamãe?", perguntou Marta.

"Não sei. Coitadinho, tão frio."

"São Nicolau!",* disse Piet. "São Nicolau pôs ele aí." As duas crianças rolaram no chão de tanto rir.

Ela acendeu um bloco de turfa no braseiro para esquentar água, e tomou as providências para alimentar o bebê e lhe dar um banho. Começou a tirar o xale e achou uma folha de repolho murcha. Ela sorriu.

"Para que é isso?", perguntou Marta, tão grudada na mãe que ela quase não conseguia se mexer.

"Oh, é só uma velha superstição. Boa sorte para o bebê."

"A gente pode ficar com ele? A gente pode ficar com ele, mamãe?"

"A folha de repolho?", perguntou Piet.

Marta lhe deu pequeno empurrão. "A gente pode ficar com o bebê?"

Com mãos trêmulas, Saskia tirou um papel de uma dobra do xale, uma espécie de documento. No verso, escritas em letras de forma, viam-se as palavras "Venda o quadro. Alimente o bebê".

"Meu pai do céu", murmurou ela. As letras negras deslizavam feito enguias diante de seus olhos. Pensar que uma mãe fora capaz de escrever aquilo. Ela levantou um trapo úmido. Um menino. Um pequeno Moisés de olhos azuis e uns poucos fios de cabelo loiro. Um menino, se ela o pudesse manter vivo. Ela pôs uma leiteira numa grelha, sobre o fogo da turfa. Procurou fraldas em seu baú de roupas e, quando Stijn chegou, ela já o tinha limpado e alimentado.

* São Nicolau (século IV): santo muito venerado na Holanda, inspirou a figura de Papai Noel. Em inglês, *Santa Claus*, derivado do holandês. (N. T.)

"Era a égua de Boswijk", disse ele. "O animal mais estúpido que vi na vida. Eu a amarrei com uma corda e a puxei com o barco até o estábulo, mas a desgraçada não queria subir a rampa, então o menino de Boswijk e eu tivemos que içá-la usando uma linga. Agora perdi o regatão que vai para o dique do mar e vou ter que ir remando."

"Deram-nos uma missão, Stijn."

"Esse bebê?" Ele baixou a vista para olhá-lo, não sem ternura, mas por pouco tempo.

"É um menino." Ela sabia que isso o faria mais aceitável.

"Muito magrinho. Com certeza não vai viver mais de uma semana."

Ela lhe mostrou o papel. "O único nome que ele dá é o do pintor do quadro." Ele o virou. Seguiu-se um silêncio tão longo que ela se perguntou se algum dia eles iriam voltar a falar. "Uma missão do céu", murmurou ela.

"É. E os meios para cumpri-la também. Vou levá-lo para Groningen no próximo dia de feira."

"O menino?" Ela lançou-lhe um olhar apreensivo, porque lá havia um orfanato.

"O quadro." Stijn embrulhou um pedaço de queijo e uma fatia de carne de porco salgada e desceu para o barco pela janela.

O bebê tinha formas perfeitas. A forma do rosto e a ponta do queixo pareciam-lhe uma tulipa aberta. Ela passou o dia alimentando-o, colocando o dedo em sua boca e deixando o leite escorrer para dentro dela, gota a gota. Beijava as plantas de seus pés, mantinha-o quente e não conseguia deixar de tocá-lo. De vez em quando ele abria bem os braços, como se para abraçar a ela e às crianças e o mundo inteiro. Eles tinham que procurar se informar, mas Deus a encarregara de manter o menino vivo nesse meio tempo.

A toda hora Marta perguntava: "O que vamos fazer, mamãe?". E Piet repetia: "O que vamos fazer?". Na maioria das vezes, ela apenas lhes sorria, sem responder.

Stijn chegou em casa desanimado. Nada seria escoado até eles repararem os diques do mar. Então os moinhos de drenagem poderiam começar a trabalhar, e quando a água chegasse à coroa do dique do Damsterdiep, eles iriam trabalhar nele. "Eles estão recrutando gente até de lugares distantes e longe da costa, como Woldjik. Esses homens estão sendo alojados em Delfzijl, mas daqui nós vamos ter que ir de chalana todo dia."

Ela se esticou para beijá-lo na face.

"Não toque em mim. Estou cheirando mal."

Saskia percebera, mas não se importava. Recuou.

"Vai ser um milagre se pudermos fazer o plantio da primavera", disse ele.

"Vamos fazer. Eu sei que vamos." Ela pôs a mão no braço dele e sentiu seus músculos retesados. Ele tinha uma tendência a enxergar o pior, e era sua função fazer com que não perdesse a esperança. "O bebê tomou leite cinco vezes hoje."

Ele olhou para a cesta onde ela o acomodara. "Que tipo de mãe era essa que abandonava seu bebê numa inundação?" Ele tirou suas roupas de cima e sentou-se na beira da cama alta construída na parede. Piet, da cama de criança que ficava embaixo, deu um puxão na perna de sua calça. Stijn levantou a perna para ficar fora de seu alcance.

"A pessoa não tem escolha."

"São Nicolau deixou ele", disse Piet, e então Saskia se lembrou. Um estranho num esquife que pedira leite.

"Psiu, Piet. Durma." Ela jogou uma bacia de água suja pela janela. "Ele é um bebê bonzinho." Justo naquela hora, quando Stijn estava olhando para ele, o bebê abriu bem os braços. "Está vendo? Ele gosta de você."

* * *

Nos dias seguintes Stijn saía ao raiar do dia e voltava depois do anoitecer, *doedmoe*, como o pai dela costumava dizer, morto de cansado. Ele só tinha energia para comer e dizer algumas palavras sobre o trabalho. Ela temia aventar o problema de dar nome ao bebê, porque isso pareceria fazer com que ele fosse deles. Certa vez, quando estava trocando sua roupa, ela o chamou de Jantje, pequeno Jan, por causa do nome que estava no papel, e Piet e Marta o chamavam assim durante o dia, mas não à noite.

Para Saskia, a casa era uma ilha feliz no meio da inundação. Ela fazia tudo no exíguo espaço entre sacos de sêmola e os baús e a mesa do térreo, e, naturalmente, Katrina, a vaca leiteira. Todos os dias, Saskia dava-lhe mais palha e colocava bolos de esterco no parapeito das janelas e no telhado para secar. Eles o usariam futuramente para reconstituir o solo. Então ela e Piet, que sofria com o confinamento mais do que Marta, remavam até o celeiro para guardar o esterco seco, pegar cereais, batatas, carne em conserva, e também palha para Katrina. Como eles precisavam de leite, a vaca tinha que continuar lá, mas Stijn tirara seu cavalo de arado do paiol, fazendo-o descer a rampa de terra e entrar na água da inundação. Em seguida o fez nadar, conduzindo-o do barco a remo até o canal onde os cavalos de todos os aldeões eram içados para uma barcaça e levados para um pasto seco no interior. Com um forno de ferro fundido colocado sobre o braseiro, ela podia fazer pãezinhos redondos em vez dos pães grandes que normalmente fazia no forno maior do térreo. Levara a batedeira para o andar de cima, para poder fazer manteiga. Eles sobreviveriam. E Jantje também. Ele esperneava e se agitava e às vezes vomitava, mas sua vozinha ia ficando cada dia mais forte. Os olhos dele, ela imaginava, fitavam-na com uma gratidão que fazia seu coração disparar. À noite, sua felicidade, os relatos que fazia dos acontecimentos do dia, pareciam exasperar Stijn.

Aquela inundação não iria ser um dilúvio devastador como o da Bíblia. E tampouco era como a inundação de Santa Elizabete, trezentos anos antes, que destruiu aldeias inteiras. Ela se lembrava de uma pintura sombria, que pertencia a sua avó, pendurada acima do virginal, em sua casa. *Groot hollandse waard* era o título, e retratava uma aldeia outrora populosa que se transformara num lago perene. Lanças de igrejas encobertas pelas águas apontavam por entre colmos e ninhos de aves pernaltas. Sob a pintura havia uma severa advertência: "O Senhor Deus tirou a humanidade das profundezas e a fez prosperar. Da mesma forma, ele tem o poder de entregar os maus ao dilúvio destruidor". Quando criança, ela se sentia fascinada pela pintura, mas mais tarde, quando aprendeu a ler, a inscrição a assustara. Não gostava de imaginar um Deus vingador.

Se uma inundação trazia um bebê e mais um objeto belo, não se tratava do Apocalipse, nem de um julgamento das almas. Era apenas água numa profundidade de um metro e meio.

Num raro dia quente, ela colocou as três crianças no barco — fazendo descer o bebê em sua cesta usando uma roldana e um cabo amarrado à viga da cumeeira — para irem passear. Ela respirava fundo e remava bem devagar para desfrutar o passeio por mais tempo. O movimento da água fez Jantje dormir. Remou até as outras três casas e, pelas janelas, perguntou se tinham visto um estranho passar por ali. Estranho? O que não falta são estranhos chegando o tempo todo, agora que os homens estão reparando o dique, respondiam eles. Ela lhes contou sobre o bebê e mostrou seu rosto rosado. "Vai demorar muito para ele poder ajudar você na horta", disse uma mulher. A mulher de Boswijk, Alda, deu-lhe um pouco de melado. De volta para casa, deixou escorrer um pouquinho na boca do bebê, com uma colher, repetindo o gesto de vez em quando. A certa altura Marta sentou-se junto dele e ficou balançando um pano perto de seu rosto para ver se seus olhos o seguiam e, ao primeiro sinal de que seguiam, Saskia comemorou misturando melado com a massa do pão para fazer bolinhos para as crianças.

Quanto ao quadro, ela o colocara num pino de pendurar roupa para não ocupar espaço. Ao anoitecer ela pendurava roupas na frente dele, para que Stijn não o notasse, mas durante o dia o descobria. Às vezes ela o colocava sob a luz oblíqua que entrava pela janela sul. Numa manhã clara e luminosa depois de uma chuva, quando eles tinham colhido água no pequeno reservatório do teto e em baldes pendurados sob os beirais, ela limpou o quadro. Oh, como ele ficou brilhante, muito mais brilhante do que nunca antes. O burel da saia da menina brilhava como folhas de bordo ao sol do outono. Pela janela coava-se a luz amarela, cremosa, da cor das pétalas internas do junquilho, iluminando o rosto da jovem e refletindo-se em suas unhas brilhantes. *Luz da manhã*, ela o batizou, porque sua avó lhe dissera que quadros têm nome.

"Um dia você vai ser igual a ela", disse Saskia a Marta, enquanto fazia tranças em seu cabelo. Ela inventava histórias com a jovem em Groningen, em Amsterdã ou Utrecht, contando que ela ficara famosa por seu trabalho de costura e que gente de todo o mundo vinha encomendar-lhe roupas.

Se pelo menos fosse possível ficar com o quadro também. Ela não tinha muitas coisas bonitas, nem ao menos tinha um guarda-louça, apenas um baú no chão, coberto com o caminho de mesa azul de sua avó. Apenas uma cadeira com uma almofada. Apenas quatro pratos decorados na prateleira, e uma vasilha de estanho. Nada parecido com a imaculada cozinha com louças de Delft na grande casa de fazenda onde crescera, bem perto de Westerbork, a comprida mesa de jantar de mogno de sua mãe, o virginal da avó na sala de visitas, pinturas nas paredes e cortinas de linho azul-claro.

A menina da pintura estava com uma túnica azul. Que maravilha vestir-se de azul — o azul do firmamento, do céu, do lindo laguinho azul de Westerbork, com as minúsculas verônicas azuis que cresciam às suas margens, o azul dos jacintos e da louça de Delft e de todas as coisas belas. Viver e mover-se e deixar-se existir numa onda de azul. Ela levantou Jantje para perto da pintura. "Veja, Jantje, como ela é bonita. Talvez seja sua mãe. Está vendo como ela parece jovem? Uma bela jovem numa bela casa." Se assim fosse, Jantje tinha que saber que sua mãe usava azul. O xale não era tão azul. Além disso, era velho e rasgado. Ele precisava do quadro.

Não era só Jantje que precisava dele. A tapeçaria oriental da mesa, o mapa na parede, a tranca de metal trabalhado da janela — Saskia não podia ter aquelas coisas, e por isso as queria ainda mais na pintura. Por alguns instantes, quando ela se sentia cheia de alegria vendo Jantje fazer bolhas com sua boquinha, quando Piet a fazia rir com suas caretas ou quando Marta comia o pão com o dedo mindinho esticado como uma lady tomando chá, a sensação de carência a abandonava, e ela ficava em paz. Mas nem sempre era assim.

"Esse menino veio de uma boa família", disse ela a Stijn certa noite. Ele olhou para ela, cansado demais, ao que parecia, para perguntar com palavras como Saskia sabia. Com os ombros curvados, ele esperou a explicação. "Basta olhar a renda na aba da touca da menina. Ela não tem a menor pressa em pregar aqueles botões. Ela tem tempo de olhar pela janela, e não importa muito se vai pregá-los naquele dia ou no dia seguinte. Acho que ela é a mãe do menino, quando ainda era uma menina. Só pessoas de boa família mandam pintar seus retratos. Eu quero que ele a conheça. Não seria certo considerá-lo como nosso."

"Amanhã tem feira em Groningen", disse Stijn.

"Oh, não, Stijn. Vamos esperar um pouco."

"Logo vamos precisar de dinheiro."

Naquela noite, na cama estreita, ela não o tocou. De manhã, ela abriu a janela e viu um nevoeiro cinzento cobrindo tudo, de modo que mal podia ver o próprio celeiro. "Obrigada, meu Pai do Céu", sussurrou ela. Stijn com certeza não iria pedir que ela fosse arriscar-se nas águas, em meio ao nevoeiro. Com certeza ela se perderia. No dia de feira seguinte, ela fingiu que estava doente. No outro, Piet realmente estava. Assim, o assunto do quadro ficou um pouco esquecido. Muitas vezes ela examinava o rosto do marido, as linhas que se formavam em torno dos olhos, finas como fios de cabelos, para ver se ele ainda pensava no quadro.

"Quanto de batata ainda temos?", perguntou ele uma noite, quando as crianças já estavam dormindo.

Ela sabia que ele se referia às batatas destinadas à alimentação, uma vez que nenhum agricultor, nem mesmo morrendo de fome, seria capaz de tocar em sua reserva de batatas destinadas ao plantio, o novo tipo de cultura que Stijn estava introduzindo na região norte.

"Quase um barril", disse ela vagamente.

Ele não perguntou pela comida em conserva. Ambos sabiam, pelas porções menores servidas por ela, que estava acabando.

"Ouvi umas coisas no dique que podem lhe interessar."

"O que é?"

"Houve um enforcamento em Delfzijl no dia da inundação. Uma feiticeira jovem e desvairada foi enforcada por homicídio."

"E daí?"

"Daí que alguns dias depois aparece um bebê. Eles sempre esperam o nascimento do bebê de uma condenada grávida para depois enforcá-la. Acho que não há a menor dúvida."

"A mãe do bebê não era uma assassina. Ela também não era uma roceira indolente."

"Você não pode ter certeza disso."

"Ora, é só olhar para a pintura. Olhe para o assoalho. Ladrilhos de pedra. Quem sabe até mármore. Olhe para a tapeçaria da mesa. Não é a casa de uma feiticeira desvairada, nem de uma cavadora de turfa, nem mesmo de uma lavradora." Ela viu os lábios dele se comprimirem levemente àquela última palavra. A invenção da ascendência de Jantje ia se tornando mais real para ela à medida que sentia mais necessidade daquilo. "Jantje veio de uma boa família. De Groningen ou de Amsterdã. Uma família que tinha um mapa na parede, belos móveis e uma mãe que usava azul."

"Jantje?"

Ela corou quando se deu conta do que dissera.

"O bebê não foi deixado em nenhuma outra casa e sim na nossa, Stijn. O Senhor fez uma aliança conosco."

"E você vai rompê-la se não vender o quadro."

"Não podemos esperar? Ele não está dando nenhuma despesa. Só um pouco de leite."

"Um pouco de leite que seria melhor usar para fazer queijo. Um pouco de leite que podia ser vendido. E não esqueça que o leite de Katrina vai secar bem antes que os nossos campos."

Ela lhe deu as costas. Ele veio por trás dela e pôs as mãos em seus ombros. "Não estou lhe pedindo para abrir mão do bebê, Saskia."

Ela fez que sim com a cabeça, reconhecendo a concessão dele, e ficou quieta para gozar o peso de suas mãos. Stijn encostou o rosto no dela, e ela prendeu a respiração.

"Vá a Groningen amanhã. Com certeza ele vai render uns cinco florins. Talvez oito, se tivermos sorte. Com isso teremos dinheiro para a comida."

"Mas..."

"Não vá logo aceitando a primeira proposta. Ofereça-o para os lados da universidade. Não aceite menos de oito. Veja se consegue dez. E mostre aquele papel."

No dia seguinte, ao amanhecer, ela colocou Piet, Marta, o quadro embrulhado num lençol e em seguida o bebê no barco a remo. Foi remando em direção ao interior, seguindo as árvores nuas ao longo do Damsterdiep. A princípio a estrada do dique ainda estava coberta de água, mas à medida que eles avançavam para o interior ela ia emergindo. Avançando por águas rasas pontuadas de carriços e agitadas pelo bulício dos patos, ela remou até Woldijk, o primeiro dique que resistiu, no ponto em que cruzava o Damsterdiep. Amarrou o barco num cunho do dique e desceu, com as pernas duras mas sentindo a alegria da terra firme. Pagou cinqüenta centavos a um menino para tomar conta do barco. Imediatamente Piet e Marta saíram correndo pela estrada do dique gritando "Terra, terra!", e ela os deixou correr até a hora em que uma pequena carruagem puxada por um cavalo deu a partida para Groningen.

A visão de campos de inverno, costa adentro, esperando a semeadura, encheu-a de esperança. Mas nem aquilo teria o mesmo efeito sobre Stijn. Não era esperança o que havia entre aquele homem e Deus. Nem gratidão. Nem admiração votada a um pássaro ou a uma folha. Ou um beijo. Em vez disso, o que ocupava aquele espaço era o medo. O horror de ver os cereais se acabando e os campos ainda cheios de água. O medo de ter que abandonar a lavoura e passar fome junto do canal em Amsterdã, a família inteira pedindo esmola à porta de um asilo de indigentes. Mas não era aquele Deus que desejava conhecer.

Ao longe, a torre da igreja de São Martim erguia-se na planície e, à medida que se aproximavam da alta comporta de pedra de Groningen, as crianças gritavam e davam pulos de alegria. Quando, onde, e que tipo de cataclismo sofrido por homens e mulheres pode fazê-los perder essa explosiva liberdade de espírito?

Passaram pela refinaria de açúcar de beterraba e pela travessa dos metalurgistas, e então as crianças puseram as mãos nos ouvidos, pois o barulho era ensurdecedor. Para Piet e Marta, Groningen era uma cidade de sonho, cheia de edifícios encantados, arcos e janelas, todos encerrando mistérios. Eles a crivaram de perguntas. O que aquele homem está fazendo? O que é que tem naquela carroça? Para que é aquela coisa de metal? Ela não dava conta de respondê-las. E gente. Tanta gente, as crianças se espantavam.

No cais, Saskia perguntou como se chegava à universidade e entrou numa papelaria cheia de livros, pastas e papéis, uns poucos quadros e uma profusão de desenhos detalhados de plantas, de animais e do corpo humano. Colocou o quadro no balcão e abriu o lençol. Se tinha que fazer aquilo, que fosse o mais depressa possível.

O comerciante encarquilhado deu uma olhada e perguntou: "Onde conseguiu isso?".

Ela sentiu que Piet e Marta se agarravam às suas pernas, de ambos os lados. "Eu ganhei." Ela desdobrou o papel para que ele visse. Ele estendeu a mão para pegá-lo, mas ela não o entregou. Não queria que ele visse o que estava escrito no verso.

Enquanto lia, os dedos de sua mão direita se curvaram. Ele lançou-lhe um olhar penetrante e franziu as sobrancelhas de forma tão desagradável que provocou um riso abafado em Piet.

Saskia apertou-lhe a nuca para que se comportasse. Ela sabia que durante todo o caminho de volta, no barco, ele iria franzir as sobrancelhas e cair na risada.

O olhar do homem desceu do vestido grosseiro de fustão preto para os tamancos velhos. "Você o ganhou?"

"Sim, senhor." Ela segurou o papel com firmeza.

"Você não sabe quem é Jan van der Meer?"

"Não, senhor."

"Eu vou lhe dar...", ele pensou, e Marta pôs as pontas dos dedos na borda da escrivaninha do homem. Saskia olhou para ela e balançou levemente a cabeça, e Marta colocou as mãos nas costas. "Vinte e quatro florins por ele." Ele se voltou e estendeu a mão para a caixa de dinheiro como para concluir o negócio.

Surpresa, ela deixou escapar: "Vinte e quatro?". Jantje deu um gritinho, e ela percebeu que o estava segurando com muita força. Ela o passou para o outro quadril.

"Vinte e cinco. Nem um centavo a mais."

Stijn ficaria radiante com aquilo. Vinte e cinco florins o fariam mais carinhoso com ela, e certamente garantiriam a permanência de Jantje.

Mas o homem evitava olhar para ela. Apenas empilhava as moedas. Suas unhas eram compridas e amarelas. Ela não podia confiar num homem com unhas compridas. O quadro deveria valer mais ainda. Para ela com certeza valia muito mais que aquilo.

"Não, obrigada." Ela se surpreendeu com a firmeza de sua própria voz. Piet lhe lançou um rápido olhar de confusão. Ela embrulhou o quadro no lençol, amarrando os cantos cuidadosamente, sentindo que o homem a seguia até a porta, e ouvindo seus protestos como um som indistinto e confuso.

Uma vez lá fora, foi tomada de terror e começou a suar. E se ela tivesse cometido um erro? E se em todos os outros lugares lhe oferecessem menos? Além de alimentá-los até a próxima colheita, vinte e cinco florins dariam para comprar um casal de porcos. O sonho de Stijn de ter uma criação de porcos se tornaria realidade, e isso por causa dela.

"Vinte e cinco florins", disse Piet num tom de grande sapiência, e franziu as sobrancelhas tão bruscamente que o rosto inteiro estremeceu. Marta desatou a rir.

Saskia saiu andando pelas ruas a passos rápidos mas sem destino, comprou para as crianças um waffle de canela numa carrocinha, sentindo-se muito aflita. Espiou pela janela de um antiquário e viu quadros na parede. Mandou que Marta cuidasse de Piet, e entraram. Guampas, grandes copos de boca larga, cálices, canecas espalhavam-se desordenadamente sobre baús e mesas. "Não toquem em nada", avisou ela. Marta e Piet estavam juntinhos, dizendo um ao outro, aos cochichos, que olhassem cada uma das coisas novas que iam surgindo — livros, almofadas de brocado, entalhos das Índias Orientais, e quando eles viram um grande espelho não conseguiram se impedir de fazer momices com as sobrancelhas, narizes, lábios, tudo se mexendo ao mesmo tempo, e rindo de si mesmos. "Psiu", fez Saskia, procurando reprimir o próprio riso.

A mulher estava concluindo algum negócio com um homem, e Saskia pôde examinar um mapa amarelado, adornado com arabescos, pendurado na parede. Não conseguiu ver nele nem Oling nem Westerbork. Suspirou de leve, sentia-se como se não pertencesse a lugar algum. Piet e Marta estavam rindo mais alto, então ela os empurrou delicadamente para a porta, e estava prestes a sair quando a mulher disse: "Deseja alguma coisa?".

Saskia sobressaltou-se ao ouvir aquilo. "Não, obrigada", murmurou, e deu um sorriso de desculpas. Parou na porta e se voltou. "Bem, talvez uma coisa. A senhora sabe quem é Jan van der Meer?"

"Claro. De Delft. O pintor de Delft. Vermeer." A mulher viu o quadro embrulhado com o pano. "Você tem alguma coisa para me mostrar?"

Saskia entrou novamente na loja, desembrulhou-o e as crianças voltaram a ficar sérias. Como sempre quando se permitia, Saskia sentiu-se transportada para a sala ensolarada, limpa e sóbria onde estava a jovem, na pintura.

"Luz. Ele pintava luz, sabe. Encantador." A mulher levou a pintura para perto da janela. "Olhe a pele dela. Lisa e luminosa como seda. Poderia ser. Poderia muito bem ser."

"Poderia ser o quê?"

"Um Vermeer, minha cara."

Saskia desdobrou o papel e o entregou à mulher, que o leu várias vezes, depois olhou o verso. Ela olhou Saskia longamente, depois sorriu para o bebê em seu quadril.

"De onde você é?"

"Oling. É só uma aldeia. Perto de Appingedam. Tivemos uma inundação e..."

"Você deve levar esse quadro a Amsterdã. Seu valor é muito maior do que o que posso pagar. Ou qualquer um aqui em Groningen. Leve-o para as lojas ao longo do Rokin. Não aceite menos que oitenta florins. E proteja-o da chuva."

"Oitenta!"

Ela falou tão alto que Piet soltou um grito. "Oitenta!"

Depois de mais palavras de estímulo e de expressões de admiração pela pintura, Saskia vendeu à mulher o caminho de mesa azul de linho de sua avó, com sua fina renda, e então, atravessando a praça do mercado com a pintura embrulhada, dirigiu-se às bancas dos açougueiros.

Quando remava de volta para casa, partindo de Woldijk, sua mente volteava feito um pardal na gaiola. O que iria dizer a Stijn? Que não conseguira vendê-lo? Que ofereceram apenas quatro florins e assim não valia a pena vender? No lugar do quadro, ela venderia sua caixa de especiarias. Eles iriam se arranjar com aquela venda. Ele nunca saberia quanto o primeiro homem oferecera. Ou o que aquela mulher tinha dito. Ele acreditaria nela. Ela nunca lhe dera nenhum motivo para não acreditar.

Em casa, desembrulhou o quadro, pendurou-o no pino e não colocou roupas em sua frente. Oitenta florins!

A história que imaginara adquiriu vida para ela. Por que uma jovem como aquela, que podia se dar ao luxo de ter seu retrato pintado por um grande artista, por que iria... como poderia abandonar seu filho? Na postura em que o artista a pintou, ela não se achava em paz. Estava inclinada para a frente, e a rigidez da postura mostrava a dor de sua alma. Era uma mulher desesperada, que tinha fraquezas, da mesma forma que ela própria, que tinha necessidades, uma mulher que amava a ponto de nada mais restar de si mesma, uma mulher que provavelmente chorava demais, como ela própria, uma mulher assustada, antes desejando acreditar que acreditando — senão como poderia abandonar o próprio filho? Uma mulher que rezava "Senhor, eu creio. Mas me poupe da descrença". Ao dizer aquelas palavras para si mesma, sentiu a garganta fechar-se e começou a chorar.

Tentou fazer com que as crianças dormissem antes de Stijn chegar. Quer o Senhor a perdoasse, quer não, ela não iria contar a Stijn. Quatro florins, se ele perguntasse. Depois que as crianças estivessem dormindo. Ainda que a dor dessa mentira se renovasse a cada descoberta de uma nova beleza na pintura, a verdade iria abrir um abismo entre eles que nenhuma ternura haveria de superar.

Ela olhou os olhos de Stijn quando ele entrou pela janela. A primeira coisa que ele viu foi o quadro. A segunda foi a panela com ensopado de carne. Eles não tinham comido carne desde a inundação. Ela pôs uma tigela do ensopado na frente do marido, para que o aroma o tornasse mais receptivo. "Vendi o caminho de mesa feito à mão de minha avó", explicou ela. Ele comeu uma colherada ainda de pé e pendurou o casaco enlameado no pino na frente do quadro.

Ela engoliu em seco e mal conseguiu se conter para não o tirar dali. Marta e Piet puseram as cabeças para fora da cama. "Vimos um monte de pontes, de igrejas e de mendigos", disse Marta, e Piet imitou um cego estendendo uma tigela.

"E andamos de rebocador", acrescentou ele.

"É mesmo?" Stijn abaixou a mão para afagar a cabeça de Piet.

"Psiu. Vocês deviam estar dormindo", disse Saskia.

"E quanto ao quadro?"

"Eu lhe conto mais tarde", sussurrou ela, fazendo um gesto com a cabeça em direção às crianças. Ela não podia mentir na frente delas.

Ficou olhando Stijn comer o ensopado. Quando só restou o caldo, ele bebeu diretamente da tigela. Ela serviu mais. Quando ele terminou, os dois se levantaram ao mesmo tempo e foram na mesma direção, depois em direção contrária para passar entre os baús e Katrina, que sacudia a cauda, sentindo-se incomodada. Saskia soltou um riso nervoso, semelhante a um trinado. Ele a interrogou com o olhar. Mais cedo que de costume, ela vestiu sua camisola de dormir, apagou a lamparina e subiu na cama alta. Ele mostrou uma extraordinária paciência esperando uma explicação. Só quando ela se deitou ao seu lado ele perguntou novamente: "Por que você não vendeu o quadro?".

"Não consegui", disse ela, e era verdade. "Eu tentei", e também isso era verdade. Ele que entendesse como quisesse. Ela rolou para longe dele. Logo a mão de Stijn a fez voltar-se novamente para ele. Ele ainda esperava.

"Stijn, é como vender a mãe do menino. É fazer dele um órfão." Ela sabia que o que estava dizendo era uma loucura, mas no escuro ela podia admitir certas coisas. Toda a dureza da vida na árida região norte se abateu sobre ela como um dilúvio, e ela desabafou: "Não há nada bonito aqui. Oh, sei que você gosta daqui, gosta de olhar as suas leiras de batatas, gosta da enorme planície de trigo-sarraceno, trigo-sarraceno, trigo-sarraceno, mas eu não vim aqui para isso. Eu vim aqui por sua causa, e se nós pudermos nos arranjar sem vendê-lo... Vou vender a caixa de especiarias. Ou então podemos pedir dinheiro emprestado ao meu pai. Logo os campos serão drenados. Em Woldijk já se podem ver os carriços apontando nas águas".

Ficaram muito tempo em silêncio, no escuro, antes que ele perguntasse: "Quanto ofereceram?".

Mais uma vez se passou muito tempo, enquanto ela apurava o ouvido para os ruídos das crianças. Apesar do silêncio, ela sussurrou: "Vinte e cinco florins".

Ele soprou por entre os dentes, esfriando a nuca da mulher. Ela prendeu a respiração e não se mexeu enquanto a enormidade daquela soma adquiria consistência para ele. Por mais que tentasse se conter, ela enfiou o rosto no travesseiro e chorou.

"Eu o teria vendido se achasse que era um bom preço."

"Bom? O que você sabe sobre essas coisas?"

"Eu não vendi porque uma outra mulher me disse que valia oitenta. Em Amsterdã. Por isso, você não devia tratar o quadro desse jeito", disse ela. "Pendurando seu casaco enlameado na frente dele."

"Oitenta!", sussurrou ele. Depois de um longo e silencioso espaço de tempo, ela sentiu que ele saiu da cama e ouviu-o tirar o casaco do pino, jogando-o em seguida no chão nu.

Pela primeira vez em sua vida de casada, ela sentiu uma leveza, uma sensação de poder, pelo fato de ter razão. Foi mais adiante. "Como eu disse, Jantje não é filho de uma prostituta sem lei, nem filho de um agricultor." Ela tinha noção de que esta última palavra era uma alfinetada, e sabia que ele a sentiria. Ela lhe deu as costas e ficaram ambos bem quietos até o momento em que ela caiu num sono profundo e tranqüilo.

De manhã, naqueles momentos de semi-sono em que ainda não se mexia mas já ouvia Katrina agitando-se para ser ordenhada, ela sentiu o braço de Stijn cobrir seu corpo amorosamente. Ficou quieta e em silêncio para sentir a realidade de sua ternura, e depois de algum tempo pôs sua mão na dele.

O trabalho nos diques do mar terminou antes do que esperavam, por isso todos os moinhos de drenagem estavam funcionando. Agora Stijn estava trabalhando no dique de Damsterdiep, e à medida que o grupo de homens avançava para o interior ele ia ficando mais animado. Ela até o viu fazer cócegas na barriga de Jantje, chamando-o de "Jantje", em vez de "o bebê". Agora Jantje já balbuciava. Ela não sabia ao certo se devia ensiná-lo a dizer "mamãe" e "papai", por isso estava tentando ensinar "vaca" e "água".

Se ao menos, um instante que fosse, Stijn pudesse sentir da mesma forma que ela, se eles pudessem estar juntos na missão que Deus lhes confiara, se ele pudesse olhar para Jantje como olhava para Piet e Marta, entendendo o poder do desígnio de Deus, talvez tivesse confiança bastante para deixá-la ficar com o quadro. Mas não havia o menor sinal disso. A questão do quadro estava no ar da pequena sala do andar de cima, e dia após dia ela punha cada vez menos carne de porco no ensopado e depois cada vez menos cenouras e feijão, comprados do verdureiro que de vez em quando passava numa chalana pelas aldeias inundadas. Finalmente o ensopado se transformou em caldo de batata, tomado dia após dia, e Saskia achou que certamente ele a mandaria vender o quadro.

A primavera chegou, anunciando-se em pequenos sinais — apenas um ar mais ameno e folhas de grama apontando na superfície da água. No interior, logo depois de Woldijk, a terra estava úmida mas não inundada, e os homens espalhavam sobre ela lixo da cidade para reconstituir o solo. No final das contas os agricultores de lá iriam ter sua colheita de beterraba branca, mas Stijn ficava cismando junto à janela, olhando para seus campos molhados. A cada semana, Saskia notava mais alguns galhos de árvores emergindo e mais uma prancha do celeiro.

Os trabalhos do pessoal recrutado diminuíram, por isso o Departamento de Águas concedeu a cada proprietário rural, a cada semana, um dia de folga do trabalho no dique. Não havia muito que Stijn pudesse fazer na sua terra, então ele disse que iria levá-los para passear de barco.

"E a gente pode ir para Woldijk e apostar corrida na estrada do dique?", perguntou Piet.

"Sim, e talvez até para Groningen."

"E vamos ver nosso cavalo?", perguntou Marta.

"Claro."

Seria um feriado. Havia meses Stijn não agia com aquela despreocupação. Ela sabia que devia haver urzes depois de Woldijk. A genciana dos pântanos ainda não estaria apontando, mas haveria morriões amarelos e violetas d'água que ela poderia colher e levar para casa e que durariam um dia ou dois. Já o sol, atravessando as nuvens, fazia a água brilhar, marchetando-a de prata.

Mas primeiro Stijn foi ao celeiro.

Ela ficou quieta e fechou os olhos. O interminável ruminar de Katrina enchia a sala.

Do outro lado da água, ela o ouviu gritar. Não foram palavras. Nem uma praga. Apenas um fundo grito de angústia.

Pela janela ela o viu espadanando água com os remos. Ela não tinha onde colocar as crianças mais velhas para que não ouvissem o que viria em seguida. Colocou Jantje o mais longe possível, na cama deles.

Stijn já vinha gritando enquanto subia até a janela. "Saskia, como você pôde fazer isso? As batatas que eram para plantar! Você estava usando as batatas que eram para ser plantadas."

Piet colou-se à parede.

"Eu..."

"Toda mulher do campo sabe, toda filha de camponês sabe que não se pode tocar nas batatas que vão ser plantadas. Só sobrou um quarto de um tonel! Mal dá para plantar umas poucas leiras de batata."

Marta engatinhou para o fundo da cama.

"Pensei que havia um outro tonel atrás dos fardos", disse Saskia, embora estivesse ciente, no próprio momento em que o dizia, de que não era verdade. Eles não iam semear naquele ano, então ela achou que deviam comê-las também. As batatas não durariam um ano. Agora ela sabia — ele não perdera as esperanças de ter uma plantação tardia.

"Outro tonel? Você sabia que não havia. E você sabia que se eu descobrisse a gente teria que vender o quadro."

Ele não encostou a mão nela — isso ele nunca faria — mas fitou-a de modo que lhe deu um aperto no coração. Ela ouviu o próprio Deus acusando-a do céu: "Egoísta! Egoísta! Eu não a conhecia".

"Talvez eu devesse ter dito a você. Foi idéia sua vir para este lugar estéril. Faz três anos que não volto para casa. Meus pais nunca mais viram Piet desde que ele era bebê, e eu nunca reclamei. E também nunca me arrependi. E nunca amaldiçoei a inundação ou a má sorte ou o próprio Deus. Nem você."

"Mas as batatas que um homem reserva para plantar são o seu futuro. Ele *é* isso."

"Nada mais? Você é apenas isso? Não acredito. Você está alimentando um rancor. E sabe de uma coisa? E não é contra mim, nem por causa das batatas. Ou porque eu não vendi o quadro. Nem contra Jantje. É contra a inundação. E você sabe contra quem é esse rancor? Contra Deus. A única coisa que você vê na vida é o trabalho. É só plantar, carrear, revolver a terra, cavar. A vida para você é só isso. Mas não para mim, Stijn. Não para mim. Tem que haver um pouco de beleza também."

A sala do andar de cima era pequena demais para contê-lo. Ele saiu pela janela, levando consigo Piet e Marta, ainda em condições de manter sua promessa de levá-los para passear, e a deixou com Jantje e Katrina. Seu primeiro dia fora de casa depois de mais de um ano. Perdido. Aos soluços, ela andou de um lado para outro na sala, pegou um bolo de esterco seco e atirou-o pela janela na direção do barco que se afastava. Ele não chegou à metade da distância.

Piet e Marta haveriam de ter um belo dia com aquele homem. Bons ventos o levem. Ela se jogou na cama com tanta violência que Jantje pulou.

Stijn ficou fora o dia inteiro. Pela primeira vez durante a inundação, ela teve medo. Ela acreditara singelamente que tudo iria se resolver — isso sempre acontecia na propriedade de sua família em Westerbork —, mas Oling não era Westerbork. E Stijn não era seu pai amoroso

Não é que Stijn não fosse amoroso. O problema é que depois de oito anos ela ainda tinha dificuldade em saber a diferença entre o amor e a preocupação dele. Ela se enganara a respeito de uma coisa. A esperança de Stijn. Ela se mantinha, mais forte que a dela, mas enterrada mais fundo no escuro solo de sua alma.

No fim da tarde ela olhou longamente o quadro e o pôs num saco de cereais vazio, fechando-o com uma costura.

Ao anoitecer ouviu as vozes das crianças cantando, e a voz profunda do marido se juntando ao refrão de uma tola canção infantil, mas à medida que o barco se aproximava, os cantos foram morrendo e finalmente pararam. Num silêncio lúgubre, Stijn largou os remos e deixou que o barco deslizasse devagar em direção à casa.

Pela janela Marta lhe deu um punhado de flores-do-campo murchas. "Oh, obrigada, *liefje*. Elas são chamadas de 'camisola de senhora'." Ela olhou para Stijn, que entrava depois das crianças. O nome nada significava para ele. Piet lhe contou, aos arrancos, tudo o que haviam feito naquele dia, mas Stijn manteve-se em silêncio. Toda a sua raiva se esgotara, restando apenas constrangimento.

"Eu vou a Amsterdã. Depois de amanhã", disse ela. "Amanhã vou deixar pão assado para você, e vou levar as crianças. Alda pode me levar até Woldijk." De lá ela poderia pegar um barco de passageiros para Groningen, depois outro, e mais outro, até Amsterdã. A viagem levaria de dois a três dias em cada trecho, dependendo das conexões.

Na manhã em que iriam partir, ela sentiu os olhos de Stijn e também os de Katrina acompanhando seus movimentos enquanto arrumava umas poucas coisas para a viagem. "Se você conseguir uma quantia próxima de oitenta", disse ele quando se despediam, "pegue cinco e compre outro quadro para você. Uma coisa que lhe agrade."

* * *

Sentada nos bancos desconfortáveis do grande batelão que partia de Groningen para o sul, ela se sentia como um vagabundo, cercada de todos os seus pertences. De vez em quando o encanto das crianças com aquilo que viam rompia sua tristeza. Para que tudo aquilo? Ter entusiasmo pela vida, pela vida juntos, por uma propriedade rural e por uma nova espécie de cultura que iria alimentar o mundo todo, e então vê-lo dissolver-se apenas em trabalho, trabalho, e minúsculas e crescentes separações. Que sentido podia haver em tudo aquilo?

Depois de Assen tiveram que esperar até que um batelão maior desocupasse uma eclusa, então ela saiu e deixou as crianças correrem pela estrada do dique. Um pequeno curso d'água ia em direção oeste. "Aquilo é o Westerborker Stroom?", perguntou ela ao operador da eclusa.

"Sim, dona."

Seu coração incendiou-se. Westerborker Stroom a levaria direto, passando por Beilen, para Westerbork.

"Há uma linha até Westerbork?"

Ele fez um movimento com a cabeça em direção a uma pequena chalana esperando a hora da partida.

Ir flutuando para casa e ser alimentada pela mãe com algo mais do que batatas — só em imaginar isso, ela se pôs em ação. Chamou as crianças, levantou Jantje em seu quadril, juntou suas coisas e disse: "Crianças, venham. Vamos ver seus avós".

Passaram para a pequena chalana conduzida por um rapaz, e se acomodaram no convés, encostando-se em caixotes. Novas gavinhas de galhos de salgueiro desciam até a água e flutuavam graciosamente. A arruda-dos-prados alta e folhuda já despontava à luz amarela do sol, que vez por outra irrompia por entre as nuvens, e cada patinho pipilava a música dos recém-nascidos. Ao longo das margens, as macieiras floriam. Uma brisa soprou e choveram pétalas brancas sobre o barco; as crianças tentaram pegá-las. Logo ela estaria em Westerbork, onde tudo era belo e todos eram bondosos.

Depois de Beilen, seu coração disparou quando a paisagem se tornou familiar e sua infância tranqüila passou diante dela. Nas portas das casas de fazenda ela reconhecia as paisagens campestres semelhantes à que fizera pintar em sua porta, a única do tipo em Oling ou em Appingedam. O moinho de milho de Nooteboom agora estava pintado de verde, com uma bela porta vermelha. E lá estava a igrejinha de pedra que freqüentava quando criança, e onde ela e Stijn tinham se casado. Ao vê-la, Saskia sentiu uma dor no coração, como se de alguma forma tivesse sido infiel.

A princípio a mãe não cabia em si de alívio e de alegria, mimando as crianças, inclusive Jantje, que não queria longe de sua vista. Saskia pensava que conhecia sua mãe muito bem, mas quando ela lhe mostrou o quadro e lhe contou tudo, os sorrisos de sua mãe se congelaram.

"As batatas para plantar! Você tem juízo bastante para não fazer uma coisa dessas."

"Eu sei. Eu sei. Posso ficar aqui só por algum tempo, até ele ficar mais calmo? Só o tempo suficiente para ele sentir minha falta? Aqui é tão bom. Logo as violetas d'água vão florir, e as crianças vão poder correr livres, para variar.

"E deixar que aquele homem morra de preocupação por você? Não. Você vai embora amanhã. Para Amsterdã. As crianças podem ficar comigo. Você as pega quando voltar. Isto não é um feriado. É negócio. E você deve se ajoelhar esta noite e agradecer ao Senhor por ter um homem trabalhador como Stijn. O trabalho é amor em termos concretos, seja trabalho do homem, seja da mulher, e você é uma louca se não reconhecer isso. A bênção é a criança, Saskia, não o quadro."

Sozinha em Amsterdã, dois dias depois, ela foi andando ao longo do cais oeste, passou por vendedoras de peixe que lhe gritavam insultos porque não comprava nada. Ela dava de ombros. As zombarias apenas a divertiam. Enquanto as mãos engorduradas dos peixeiros mexiam em bacalhaus, as *suas* carregavam um Vermeer.

Especieiros enfileiravam às margens do canal sacos de pós de todas as tonalidades de amarelo, de laranja, de vermelho e de marrom. Soprados pelo vento, grãos desses pós foram parar em sua saia, e ela os sacudiu. Ela estava com suas belas botas com cadarço, e deslizava pelo pavimento de tijolos em direção ao Rokin com uma sensação de graça e de poder. Estava carregando um Vermeer. O dia estava ensolarado. Não havia motivo para pressa.

Ela percorreu, no Rokin, todo o trecho do Dam ao Singel, mantendo o quadro dentro do saco, e apenas olhando todas as lojas, antes de propor negócio. Os comerciantes de arte eram uma gente estranha, concluiu. Embora as tabuletas das lojas indicassem "Reynier de Cooge, VENDEDOR DE QUADROS", ou "Gerrit Schade, EXPERIENTE CONNAISSEUR DE ARTE", na verdade as lojas vendiam molduras, relógios, faiança, harmônios e até bulbos de tulipa com os quadros. Mostrou o quadro primeiro para Gerrit Schade, cujas paredes estavam cobertas com cenas de naufrágios em mares tempestuosos e festins em tabernas. Achou que ele não sabia ler. Quando lhe mostrou o documento, ele o dispensou com um movimento de mão e lhe ofereceu trinta florins.

"É um Vermeer", disse ela.

"Para mim isso não tem importância", disse ele. "Não tem ação, portanto não tem drama."

Ela cobriu o quadro e saiu.

Teria que ter bastante cuidado. Nas três lojas seguintes, aprendeu a ir descobrindo o quadro devagar enquanto observava a expressão do comerciante. Na loja de Hans van Uylenburgh, ela percebeu, naquele momento, um leve e súbito descompasso na respiração. Ele lhe ofereceu cinqüenta, sua mulher aumentou para cinqüenta e cinco, e Saskia balançou a cabeça dizendo não. "MATEUS DE NEFF O VELHO, só belas pinturas e desenhos", lia-se numa tabuleta. Ótimo. Com todo o cuidado ela levantou bem o quadro enquanto subia a escada degrau por degrau. Quando descobriu o quadro, De Neff não fez o menor esforço para esconder sua excitação. "Deslumbrante. Magnífico."

"É um Vermeer."

"Sim. Sim, é. Na verdade, um achado raro." Ele chamou o sócio e mulher para darem uma olhada.

Ela desdobrou o papel e ele leu com toda a atenção, mas passou mais tempo deleitando-se com a pintura. "Olhe para a vidraça da janela. Lisa como uma luz líquida. Nenhuma pincelada é visível. Agora olhe a cesta. Minúsculos sulcos das pinceladas para mostrar a textura do junco. Isto *é* um Vermeer."

Ela tentou ver o que ele via mas seus olhos se encheram de lágrimas, e naquele último e ávido olhar que lançou à pintura, a menina de túnica azul tornou-se um borrão. Ela sabia que iria vender-lhe o quadro, mesmo antes de ele fazer uma oferta. Ela queria que o quadro fosse para as mãos de alguém que o amasse. "Eu o chamo de *Luz da manhã*", disse mansamente. Era importante que o nome que dera ao quadro o acompanhasse.

Enquanto De Neff estava redigindo o documento de venda, ela ficou olhando tudo o que havia na loja. Stijn dissera que ela podia comprar alguma coisa barata em troca. Havia pinturas de pessoas ricas tocando alaúdes e virginais, outras de castelos em ruínas no campo, ajudantes de cozinha lavando panelas, interiores de igrejas, Noé recebendo ordens de Deus, bancas de legumes em mercados e moinhos à beira de rios. Ela não conseguia escolher. Alguns eram agradáveis. Outros eram interessantes. Mas nenhum deles lhe dizia nada.

Ele contou setenta e cinco florins em cinco moedas, colocou-as numa sacolinha de musselina fechada com um cadarço, e colocou-a delicadamente na mão dela, segurando seu peso com a outra mão sob a dela. Fitando-a ternamente, fechou os dedos dela sobre o saquinho e os afagou.

Não eram oitenta, mas ainda assim era uma vitória. Eles iriam viver. Stijn teria seus porcos. Jantje iria crescer e ajudar Stijn no trabalho do campo, e Stijn ficaria orgulhoso do trabalho que Jantje seria capaz de fazer, mas eles, Saskia e Stijn, nunca mais iriam ser como eram antes.

Ela vagueou por pontes em arco, fazendo deslizar os dedos levemente pelas grades de ferro, comprou quatro bulbos de tulipas, uma para cada membro da família e, enquanto a cor da túnica da menina ainda estava bem viva em sua memória, umas boas meadas de fina lã azul de Leiden para fazer uma roupa macia para cada um de seus três filhos.

Das anotações pessoais de Adriaan Kuypers

No dia em que Aletta Pieters foi enforcada, constatei a persistência da superstição, mesmo numa época esclarecida. E no dia seguinte ao do enforcamento de Aletta Pieters, na inundação de São Nicolau de 1717, abandonei as únicas coisas que importavam para mim.

A primeira vez que a vi, ela estava de pé, presa ao pelourinho da estreita praça de Delfzijl, lançando maldições numa voz rouca e cuspindo nos meninos da aldeia que a insultavam. Nenhuma das matronas que lhe lançavam olhares furiosos punia os meninos por seus insultos. Entre dois punhos fechados, muito brancos, os longos cabelos da jovem esvoaçavam, finos como meadas de seda cor de nada, de vento, tão leves eram, fazendo com que ela parecesse uma criatura de plumagem exótica pega numa armadilha. Os olhos, onde não se via nenhum traço de sobrancelha, transmitiam ousadia. Um olhar astuto, superior, caiu sobre mim, um estranho com uma mochila nos ombros, mais alguns livros amarrados numa correia. Suas mãos se afrouxaram e ela me provocou com um sorriso devasso que repuxou uma pequena cicatriz em forma de "x" no rosto, e fez um biquinho com os lábios em minha direção. Acho que corei, vendo aquela marca feita com precisão na beleza pura de seu rosto. O resto do corpo, escondido pelas tábuas do pelourinho, eu só podia imaginar.

"O que você fez contra a boa gente de Delfzijl para merecer o tronco?", perguntei.

"Você não vai querer saber isso agora."

Os meninos vaiaram, desafiando.

"Existem mais coisas na vida do que está nos livros, estudante", gritou ela. "Chegue um pouquinho mais perto e eu lhe digo."

Ainda com o cabelo de estudante, cortado bem rente, eu acabara de abandonar, desiludido, a universidade de Groningen.

"É melhor passar longe, estudante, se não quiser se dar mal nesta cidade", disse uma corpulenta matrona. "Uma boa bisca, é isso o que ela é."

Uma tal virulência não combinava bem com aquela aldeia sossegada, no estuário do Eems, a que eu chegara, naquele dia, para morar com minha tia, mas a singularidade da cicatriz da moça e seus cabelos revoltos e sem cor, desgrenhados, me atraíram. Aproximei-me dela. "Nada de cuspir", adverti.

"Chegue mais perto, não tenha medo. Vou cochichar em seu ouvido."

Quando me inclinei para pôr o ouvido próximo ao rosto dela, seus cabelos tocaram o meu, dando-me a sensação de formigamento de uma névoa fresca, e ela se esticou pelo buraco do pelourinho em minha direção e lambeu minha orelha. "Entenda isso como um presságio", exclamou ela.

Os meninos vaiaram de novo, e embora eu resmungasse "Puta sem-vergonha", admiti para mim mesmo que minha ingenuidade merecera a peça.

No dia seguinte, encontrei-a chorando no chão da casa de campo de minha tia, sua figura emergindo da volumosa saia cinzenta, agora sem nenhum atrevimento. Levantou os olhos para a pequena pintura de uma mocinha sentada junto a uma janela. O delicado colo de Aletta estava esfolado. Agachei-me ao seu lado. "Esta é a mesma jovem ousada que ontem estava no pelourinho?"

Ela saiu da sala aos prantos.

"O que ela está fazendo aqui?", perguntei a minha tia.

"Um ano atrás o pastor encontrou-a na estrada do dique bradando blasfêmias, trouxe-a para nós suja e alucinada, e disse: 'O Senhor põe os solitários no seio das famílias'. Ele nos aconselhou severamente a acolhê-la. 'Para variar, façam alguma coisa pelas criaturas de Deus, pensando em suas próprias almas', disse ele. Então tivemos que tomá-la como lavadeira até completar dezoito anos."

Eu não gostava de tia Rika porque era muito pretensiosa, mas eu entendia quão delicada era sua situação, casada que era, por amor — é triste dizer —, com um traficante de escravos, isto é, uma pessoa que investia no negócio de navios que faziam comércio com as Índias Ocidentais, cuja Rota do Meio todos conheciam, embora ninguém quisesse admitir tratar-se de um comércio de corpos e de almas. Todos sabemos, porém, que paixão e prudência raramente andam juntos. Ainda assim, Rika ansiava por respeitabilidade. Se ela não conseguia tê-la diante de Deus, iria dar um jeito de conseguir uma respeitabilidade espúria diante dos homens. Assim, enquanto tio Hubert participava de reuniões de negócios em Amsterdã, Rika gastava bem o seu dinheiro, e fazia doações à sociedade mantenedora do órgão da igreja e ao orfanato de Groningen. Enchera sua casa em Groningen de móveis entalhados, vasos orientais e quadros, e agora estava começando a decorar a casa de campo — comparecendo a leilões em Amsterdã e contratando um pintor amsterdamês para pintar seu retrato com tio Hubert.

Quando Aletta observou que o rosto de Rika na pintura estava começando a se parecer com o fantasma da bruxa da ilha Ameland, Rika se ofendeu e obrigou-a a dormir na cozinha e esfregar os fundos de todas as panelas até ela poder ver refletida neles o "x" de seu próprio rosto. Para se vingar, Aletta passou a agitar as cortinas das camas deles durante a noite, fazendo-os acreditar que a casa estava sendo assombrada por almas de africanos mortos. Uma noite antes de minha chegada estava andando fora da casa, próximo à janela do casal, com um lençol na cabeça, gemendo, murmurando palavras incompreensíveis e batendo panelas como um fantasma arrastando suas correntes. Tio Hubert ficou tão aterrorizado que caiu da cama e quebrou a cabeça na plataforma que sustentava o móvel.

Mas não foi por isso que a enforcaram. Por tê-lo assustado, ela apenas passou três dias na cadeia e aquela tarde no pelourinho. Antes disso, ela levara uma surra, passara duas semanas na cadeia e apanhara no rosto, quando a comporta de um agricultor se rompeu e encheu suas terras depois que ela murmurou alguma coisa desconexa quando passou por ele na praça do mercado. "Eu só estava brincando de bruxa", confessou ela a Rika. "Eu não queria fazer mal a ele." Foi perdoada por ser muito jovem, quinze anos na época, embora, segundo tia Rika, algumas mulheres da cidade, preocupadas com seus filhos, desejassem que lhe fosse aplicada a pena máxima imediatamente.

Na verdade, ela foi enforcada por ter asfixiado nossa filha recém-nascida.

Eu viera para a cidade de Delfzijl para estudar projetos de moinhos de vento com o mestre construtor de moinhos da região norte. Cansara-me tentando extrair alguma coisa que me fosse útil de Descartes, Espinosa e Erasmo, e agora, em vez disso, queria experimentar na prática o princípio cartesiano de que a ciência pode dominar a Natureza em proveito da humanidade. Eu queria fazer coisas práticas — mecanismos para indicar as horas, para bombear água mais depressa, para ver mais longe —, e não elaborar argumentos e tratados. E queria um corpo-a-corpo com a carne e o sangue, não com tinta e palavras.

Por isso, da outra vez que vi Aletta chorando diante do quadro, sentei-me ao seu lado e o examinei, tentando entender como uma coisa tão bela podia angustiá-la tanto. A suavidade da expressão do rosto da menina mostrava que fora pintado com afeto e amor — sentimentos que faltavam, pensei eu, na vida de Aletta Pieters. No quadro, a boca da menina estava ligeiramente aberta, com um brilho no canto, como se acabasse de lhe ocorrer um pensamento que a intrigava, um efeito que a fazia surpreendentemente real. Para mim, ela era a encarnação do princípio de Descartes "Penso, logo existo". Era tudo o que Aletta não era — tranqüila, refinada e contemplativa.

Quando finalmente Aletta se acalmou, perguntei-lhe o que a fazia chorar.

"Papai disse que ela tinha olhos como esses, como luas de um azul muito claro, e cabelos como os dela, esse marrom dourado, sempre trançados. Ela morreu quando eu nasci."

"Por que você não faz tranças nos seus? Isso a faria sentir-se como sua mãe."

"Eu tentei umas cem vezes. Mas o cabelo simplesmente desliza. Nada o segura. Acho que é uma maldição." O sentimento de fracasso encheu seus olhos de lágrimas novamente.

"Seu cabelo é muito bonito", disse eu. "Do jeito que é."

“As pessoas pensam que é postiço. Cabelo postiço prenuncia ataques de bandidos, e por isso as pessoas me odeiam.”

Voltei-me para esconder o sorriso. “Você não acredita nisso.”

Ela deu de ombros. O arranhão na curva do pescoço ainda estava visível. Seria uma pena se ficasse uma cicatriz, mas são poucas as pessoas que passam pela vida sem marcas.

“Onde está seu pai?”

“Ele foi para o mar num navio negreiro e nunca mais voltou para casa.”

“Quem criou você?”

“Meu avô. Minha avó morreu moça. O mesmo aconteceu com todas as mães antes dela. Uma vizinha malvada lançou uma maldição contra minha trisavó Elsa para que nenhuma mulher da família tivesse vida longa. Disse que Elsa pôs *pishogue* em sua batedeira de manteiga, então eles amarraram os polegares dela aos dedos grandes dos pés, arrastaram-na pelo canal e ela se afogou, portanto era inocente. Uma cegonha até voou sobre o canal para provar isso.”

“Bruxas e maldições não existem, Aletta. Não há provas.”

“Oh, as bruxas existem mesmo. Meu avô ouviu-as cochichando sobre minha mãe à noite, na véspera do meu nascimento.”

Levantou os olhos súplices para a pintura. “Você acha que em algum lugar as meninas realmente vivem dessa forma — ficam sentadas assim tão calmas?”

Nem um sim nem um não a deixariam menos infeliz. Nada que eu lhe dissesse poderia diminuir a distância entre ela e a menina da pintura.

Nas tardes de domingo, quando eu estava de folga das aulas do construtor de moinhos, fazia caminhadas. Eu amava a vastidão da região norte, plana e domada, que não apresentava obstáculos ao vento. Aqui, na maior parte do tempo, o vento ajudava o homem a trabalhar a terra cientificamente — Descartes em ação.

Não obstante, sempre me incomodou o fato de meus conterrâneos dependerem tanto de sua constância. O que aconteceria se eles tivessem necessidade de bombear a água em dias sem vento? Havia ainda uma infinidade de coisas a aprender neste mundo.

Num domingo eu ia andando por uma turfeira entre a cidade e a costa, próximo de onde os cavadores de turfa moravam em pequenas fileiras de cabanas cobertas de colmo, construídas com blocos de turfa. Ano após ano eles cavavam suas negras placas de turfa para serem usadas como combustível, e vendiam sua própria terra, bloco por bloco, de sob eles próprios. Alguns deles substituíam a camada superior do barro por areia trazida da praia misturada com o lixo da cidade para obterem um solo onde pudessem plantar trigo-sarraceno. Mas era um trabalho duro e demorado, por isso outros simplesmente deixavam os enormes buracos que tinham cavado se encherem de água, mantendo caminhos elevados e contínuos entre eles. Parecia-me que, com tal prática, aquela terra ficaria mais própria para sapos que para homens. A água penetrava e encharcava tudo. Logo não se conseguiria distinguir a turfeira dos pântanos que havia ao longo do grande estuário.

Parei para ver os galeirões enfiando os bicos na lama, um marreco ajeitando as penas com o bico, frangos-d'água construindo seus ninhos nos gravieiros, e então percebi um pio de pássaro diferente do ruído gutural dos galeirões. Parecia-se mais com o grasnido de um ganso selvagem. Numa lagoa, Aletta se agachara por trás de alguns vimeiros, a saia levantada para evitar a lama, as pernas descobertas até as coxas. Ela não usava meias pretas de tricô como outras mulheres, por isso sua pele leitosa contra a lama escura me causou uma agradável perturbação. O céu estava escuro demais para permitir uma imagem invertida refletida na água da lagoa, o que achei uma pena. Com as mãos em concha na boca, ela repetiu o canto do pássaro, selvagem, ansioso, anelante. Minha alma estremeceu com a desordem de seus cabelos. Eu pretendia andar e gozar minha solidão, mas fui tomado de um impulso, dei a volta na lagoa e cheguei por trás dela.

"O que você está fazendo?", perguntei.

"Abaixe-se", sussurrou ela, e deu um puxão em meu braço. "Outro dia vi uma cegonha aqui, e quero saber se ela vai voltar. Elas dão sorte, sabe? Se você conseguir fazer uma delas comer na sua mão, nunca irá passar fome."

Sorri.

"Não ria de uma coisa que você não conhece, estudante. Se uma delas fizer ninho em seu telhado, você fica rico. Eu sei. Eu cresci na ilha Ameland."

A graça que eu achava naquelas crenças simples de seu universo afogueou o pequeno "x" de seu rosto. Ela abaixou a saia, cobriu-se com o xale cor do mar, aborrecida, a respiração ofegante perturbando-lhe a linha do busto, e afastou-se com aquele lindo biquinho de amuo nos lábios. "Agora você estragou tudo, seu menino barulhento."

"Então vamos dar um passeio."

Ela não saiu do lugar, então fui sozinho, desapontado. Logo vi uma ave branca andando na água com as pernas pretas e compridas. "Aletta", chamei. "Aqui tem uma cegonha."

Ela irrompeu estrepitosamente por entre o mato do charco e nos cobriu a ambos de água suja. "Oh, isso é só um velho colhereiro. Não tem penas pretas nas asas. Nem pernas vermelhas." Então foi me seguindo pela trilha próxima à colônia dos cavadores de turfa.

A cabine de convés de um batelão elevava-se acima do dique do Damsterdiep, levando seu carregamento de turfa para Groningen. "O que vai acontecer quando, de tanto cavar, as casas desabarem dentro da turfeira?", perguntei.

"Eles se mudam para outro lugar."

"Você não entendeu. Tem que haver uma outra forma."

"Nesse meio tempo, eles precisam viver." Ela arrancou algumas varas de vimeiro na frente de uma cabana e usou-as para manter o ar livre de insetos enquanto andávamos. Agora estava tão perto de mim que dava para sentir o cheiro salgado de sargaços de seus cabelos revoltos.

Margeamos o Damsterdiep andando sob os olmos. Ela me fascinou com histórias sombrias que seu avô lhe contara, sobre naufrágios, marujos e mulheres condenadas a navegar com eles para sempre, sem nunca pôr os pés em terra firme, sendo amarradas aos mastros quando os navios aportavam. Dizia que seu trisavô, Varick, era guarda do farol de Ameland, do outro lado do mar dos Wadden. Ele ficou rico, contou, enviando sinais falsos para que os navios mercantes encalhassem nos bancos de areia. Assim, ele podia pegar as mercadorias de barco ou, na maré baixa, andando pela água. Ela contou aquilo sem a menor vergonha, e com um sentimento que entendi como sendo de admiração pela esperteza do avô. Contou como as mulheres dos marujos faziam uma espuma medicinal, ensaboando o crânio de uma pessoa que sofreu morte violenta, misturando a espuma com duas colheres de sangue humano, um pouco de banha, óleo de linhaça e um pouco de canela de Java. Aletta me mostrou uma concha que usava num cordão cheio de cabeças de aranhas para evitar febres. Vi apenas a pele macia em que descansava a concha. Quando me recomendou que virasse os sapatos com a sola para cima quando fosse dormir para espantar as bruxas, eu ri, o que fez que apertasse os olhos e revelasse uma disposição de espírito mais sombria. Embora tudo aquilo me parecesse pitoresco e sedutor, pude perceber que a pobre moça se sentia atormentada por uma centena de demônios.

Na ponte levadiça sobre o Damsterdiep, parei para estudar o mecanismo de seu funcionamento. Pontes, moinhos de vento, eclusas e diques sempre me fascinaram desde a infância, e exprimi em voz alta minha admiração pela forma como todos funcionavam juntos, num sistema de partes integradas.

"Não importa como eles funcionam", disse ela. "Quando o lobo do mar quer passar por cima desses diques, ele passa mesmo, e nenhuma pilha de lama e de algas consegue impedir."

Não me deixei abalar. Atravessamos o Damsterdiep, e, no moinho de Farmsum, com a permissão do dono, mostrei-lhe como os moinhos de drenagem funcionam. Na província de Groningen eles eram, em sua maioria, moinhos de parafuso, elevando a água num enorme parafuso de Arquimedes* colocado num ângulo abaixo do nível da água, numa vala funda. Ela nunca vira o interior de um moinho de vento, por isso ficou espantada, mantendo os braços cruzados sobre o peito o tempo todo, com medo de tocar no que quer que fosse. Quando entendeu como o movimento das pás fazia girar cada uma das peças conectadas ao mecanismo, aquilo me deu uma surpreendente e indescritível alegria.

Ao explicar o funcionamento, percebi que a roda dentada do eixo do moinho tinha sessenta e oito dentes, e a roda dentada do poste a ele conectado tinha trinta e quatro pinos na engrenagem superior e o mesmo número na coroa inferior. A roda dentada da cabeça do parafuso de Arquimedes também tinha trinta e quatro. Isso significava que, para cada giro das pás, o parafuso girava duas vezes. Se sua cabeça fosse feita com apenas dezessete pinos, pensei, a razão não passaria a ser quatro giros do parafuso para cada giro das pás, fazendo com que a

* Parafuso de Arquimedes: hélice resistente que gira no interior de uma calha e serve para elevar água. (N. T.)

terra fosse drenada duas vezes mais rápido? Ou com metade da potência? E se a lâmina da espiral fosse mais larga, isso poderia aumentar o volume de água elevado a cada giro do parafuso.

"Mais devagar", disse o moleiro. "Você tem que pensar na força do vento que seria necessária para elevar o dobro de água."

Ficamos discutindo aquilo longamente, enquanto Aletta seguia um pato e seus filhotes no canal de drenagem. Por causa disso fomos surpreendidos pela chuva já perto de casa. A água da chuva formava borbulhas nos tijolos das praças, e onde bolhas estouravam Aletta não queria pisar, ainda que estivesse usando *klompen*. Seria profanar o hálito de Deus, deixá-lo entrar por baixo da saia, dizia ela, os olhos arregalados e uma expressão grave que achei encantadora.

Quando chegamos em casa juntos, molhados, Rika me chamou de lado. "Você devia ter cuidado com essa moça, Adriaan. Ela não tem um pingo de juízo. Seria capaz de sair desprotegida numa noite gelada. Se você quer se meter com ela, é melhor procurar outra tia que o aceite em sua casa. Se Hubert estivesse aqui, diria a mesma coisa."

Torres de igreja, calotas de moinho, estradas de diques — todos esses pontos permitiam vistas da imensidão plana em volta de Delfzijl. Nada ficava escondido, e aquilo fazia com que a vida de todos fosse da conta de todos e, pelo que percebi, era exatamente assim que eles gostavam. Rika chegava a deixar as cortinas abertas para mostrar a própria virtude. O único lugar onde Aletta e eu podíamos ficar sem ser vistos era logo abaixo dos caibros da torre da igreja, o que fez com que nos aproximássemos e nos tornássemos íntimos mais cedo do que se nos deixassem passear juntos nas tardes de domingo, sob a imensidão do céu. Usar a igreja como refúgio foi idéia dela. Como o sino era tocado lá de baixo, jamais seríamos descobertos, e a igreja nunca era fechada, disse ela. Agradava-me seu desprezo pela devoção convencional, embora tivesse um código pessoal tão rígido quanto o de um calvinista.

Encontrar-se em posição elevada numa terra plana era uma sensação estonteante, que afastava todo cuidado, gravidade e reverência. Acima da estreita faixa da aldeia sentíamo-nos como passageiros clandestinos de um navio com destino a alguma ilha de recreio que a boa gente de Delfzijl teria medo até de imaginar, para não ser jogada no fogo do inferno. Com ela eu estava em um outro mundo, imerso em seu ser. Tornou-se impossível ler à noite. O som de sua voz juvenil dirigia meus movimentos da mesma forma que o faziam as vozes silenciosas dos sábios, alguns meses antes, e seu cheiro de sabão preto e de suor me fazia tremer de excitação.

Sob os sagrados caibros ela correspondia, ponto por ponto, aos meus avanços tímidos e formais, acompanhados por ruídos deliciosos e estimulantes, até que numa tarde de primavera, na escuridão da igreja, senti como se um dilúvio estivesse prestes a cair sobre mim. Afastei-me e ela riu de um jeito que me fez sentir infantil. Puxei de leve o cordão de sua blusa e descobri, por acaso, que ela carregava um feijão da sorte entre os seios. Inclinei-a para trás e beijei entre as duas colinas ovais de carne quente, no ponto onde o feijão estava aninhado. Sob as saias que usava, ela arqueou o corpo para encontrar o meu, pressurosa, excitada, absolutamente descontrolada. Suas coxas se abriram, e eu me perdi para todo Céu que não fosse Aletta. Aletta. *Aletta*.

Depois, eu esperava que seus olhos ficassem distantes, enevoados, e então eu procuraria descobrir se ela sentia necessidade de mostrar-se envergonhada. Em vez disso, ajeitou as roupas e disse: "Bem, então está feito".

"O que está feito?"

"Você vai casar comigo."

Sua simplicidade me cortou a respiração. Eu não disse nada, nem sim, nem não. Não tinha que dizer nada. Sua fé no feijão lhe garantia a realização do que ela quisesse imaginar. Na manhã em que eu devia mostrar ao construtor de moinhos meus projetos de um moinho melhor, achei o grão nos bolsos do calção. Com certeza era aquele mesmo feijão, com pintas, uma extraordinária oferenda. Estava prestes a jogá-lo fora quando um sentimento de ternura me fez recolocá-lo no bolso. Era como uma promessa.

Uma noite na casa de Rika, não muito tempo depois, Aletta ouviu um rangido e depois o barulho forte. Disparou pelas salas procurando a razão do barulho e quando viu o quadro com a figura da menina caído no chão, gritou e recuou, ofegante, puxando os cabelos. Tia Rika, meu tio, todos acordaram, e Rika deu-lhe leite quente para acalmá-la. Eu lhe mostrei que a corda por trás do quadro desatara, mas ela continuava inconsolável. "Você vai ver. Vai acontecer alguma coisa horrível." Nada conseguia acalmá-la até que a tomei em meus braços, gesto que revelou a Rika muito mais do que eu pretendera.

Na manhã seguinte, Rika acompanhou-me até a porta da casa quando eu estava de saída para a casa do construtor de moinhos. "Não há nada do Espírito Santo nela, Adriaan."

"Você está enganada, Rika. Nela há apenas espírito. Com todos esses demônios a persegui-la, só pela graça de Deus ela ainda tem fé suficiente para respirar." Voltei-me e fui embora, com aquele poderoso espírito pairando sobre mim como uma força da natureza.

Nosso plano para o nascimento era atravessar na maré baixa o mar dos Wadden, indo para a ilha de Ameland, onde ela tinha direitos de herança. Ninguém morava no casarão exceto seu avô velho e surdo e sua governanta. Poderíamos ficar lá até decidirmos o que fazer, mas já estávamos no fim de novembro e um vendaval trouxe uma chuva forte que nos impediu de atravessar, e tampouco conseguimos um barco de arenque que nos levasse até lá. Assim, Aletta fez parecer que tinha fugido, embora eu soubesse onde estava.

Às escondidas, um pouco de cada vez, ela levara para o alto da torre palha seca, um cobertor, água, pão, velas e uma velha cesta cheia de trapos limpos. Todos os dias, enquanto esperávamos a hora, eu levava para ela um jarro de cerveja comprada na taberna, e comida roubada da cozinha de tia Rika. Ela pediu pão com manteiga e queijo de leite de ovelha para ingerir logo depois do nascimento e, para embrulhar junto com a criança, ela queria uma folha de repolho, se fosse menino, e um maço de alecrim, se fosse menina. Para evitar que se irritasse, atendi. Naquela ocasião, eu faria qualquer coisa que ela mandasse.

Fiquei observando quando ela derramou cera derretida numa tigela com água. Quando as gotas endureceram, ela as enfileirou para estudar suas formas. Seu rosto se contraiu numa máscara vincada de dor, e ela as esfregou no próprio punho.

"E então? O que isso significa?", perguntei, envergonhado da minha curiosidade quanto a uma coisa que não passava de superstição.

"Não posso lhe dizer. Se eu lhe disser, pode fazer com que aconteça."

Fiquei furioso porque ela não quis me dizer. Eu perdera totalmente o controle da razão, de tudo o que eu acreditava ser verdadeiro.

Por mais que eu insistisse, ela recusou uma parteira. Disse que todas as parteiras de Delfzijl estavam sob juramento, sendo obrigadas a denunciar todos os casos de nascimentos ilegítimos à assembléia do município, que então assumia a guarda da criança, por isso eu mesmo tinha que fazer o parto. Quando chegou a hora, ela me avisou pendurando seu xale numa abertura na pedra, perto do beiral. E dei uma desculpa qualquer ao construtor de diques e atravessei a praça debaixo de chuva. Encontrei-a segurando o caibro acima de sua cabeça. "Agora não fique aí feito uma barata morta, sem fazer nada." Ela me disse o que fazer e eu fiz. Certa vez, ela me disse que nunca tinha feito amor com um homem antes de mim, não obstante possuía um conhecimento exato do processo de nascimento, e não estava nem um pouco assustada, o que fez com que eu me perguntasse, pouco antes de o bebê nascer, se realmente aquele era seu primeiro filho.

Senti-me fraco diante da magnitude do que estava à minha frente — o sangue, o cheiro — e do que eu segurava em minhas mãos — a vida palpitante. "Um menino belo e saudável", consegui dizer. Aletta apenas gemeu. Limpei-o, coloquei-o no cesto e já estava com as mãos preparadas para receber o que ela disse que viria em seguida, quando ela gritou novamente, e o som foi abafado pelo barulho da chuva que caía pesadamente. Ela fez um extraordinário esforço, e apareceu uma outra cabeça. Trêmulo, eu a apoiei na palma de minha mão.

Gêmeos era o pior de todos os presságios, disse Aletta depois, e o segundo, uma menina, tinha o lábio fendido como o de um gato ou de uma lebre. "A marca da garra do Demo, com certeza."

"Não existe esse tipo de coisa", disse eu, com menos segurança do que pretendera.

Não tive escolha senão fazer com que ela ficasse o mais tranqüila possível, voltando depois para a casa de Rika.

No dia seguinte, quando eu lhe trouxe a refeição do meio-dia, Aletta disse que toda vez que a menina mamava o leite saía pelo nariz. "Ela vai ter uma vida curta, atormentada pelas zombarias e vai se tornar má, arredia e então morrer de solidão. Melhor morrer já. Melhor mandar a coitadinha para o seu Criador antes que se apegue à vida."

"Aletta, não pense em fazer uma coisa dessas."

Eu temia deixá-la, mas tinha que ir para casa para evitar suspeitas. "Se você puser a mão nessa criança, vai pôr em risco sua alma imortal." Lancei-lhe um olhar severo e disse-lhe que não saísse dali até eu voltar no dia seguinte. Fiquei acordado a noite inteira, ouvindo o trovão se abater sobre o mundo.

Uma chuva forte e pesada martelava o teto da casa do moinho onde eu estava trabalhando, no dia seguinte, num projeto de moinho de vento, fabricando um parafuso de drenagem com uma cabeça dentada pequena e lâminas mais largas. Rezei para que o barulho da chuva abafasse qualquer choro de criança que pudesse ser ouvido pelos aldeões. Levando mais comida para ela e um pouco de leite, entrei sorrateiramente pela porta lateral da igreja, sentindo o forte e desagradável cheiro de mofo, e subi a escada morrendo de pavor.

O menino estava em seu peito, e a mão dela apoiava o pequeno crânio. O cesto estava vazio.

"Onde está a menina?"

Aletta, com lábios mordidos e inchados, fixou em mim um olhar feroz. "Se você disser uma palavra sobre isso, Adriaan, eles vão me pôr uma corda no pescoço, com toda a certeza."

"Meu Deus, Aletta."

"O que você sabe, estudante, sobre os direitos de uma mãe?"

"E quanto aos de um pai?"

"Você não leu as gotas de cera, Adriaan. Eu não tive escolha."

"Diga-me onde ela está, Aletta."

Ela virou o rosto para o outro lado. Olhei para as suas mãos e vi que havia terra sob as unhas. A saia, o cotovelo e o rosto estavam sujos de lama.

"Diga-me onde está."

Mais do que a lama, sua frieza de pedra era um indício de desastre. Qualquer discussão naquele momento seria tão fútil quando a troca de acusações no Éden. Eu não suportava olhar para ela. Ela perdera a alma.

Mesmo naquela circunstância, a natureza trabalhou contra ela. Não havia cavado fundo o bastante, e a chuva carregou o barro mole. No dia seguinte os aldeões descobriram a pobre criança flácida na lama. Mandaram os conselheiros municipais direto para Rika, e minha digna tia disse-lhe que Aletta fugira. Logo logo eles a encontrariam, eu sabia. Na honrada cidade de Delfzijl, a iniqüidade era tão difícil de esconder como um moinho de vento na terra plana e lamacenta que emerge na maré baixa. "Procurem nos moinhos. Procurem nos celeiros. Procurem na igreja. Ela tem que estar em algum lugar", disse tia Rika ao conselheiro Coornhert, e então me lançou um olhar de probo desafio.

Poucas horas depois, Aletta se precipitou porta adentro gritando: "Adriaan! Senhora! Não deixem que eles me peguem". Resistindo aos conselheiros que a seguravam, gritou para mim: "Não deixem que eles façam espuma em meu couro cabeludo. Não deixe, Adriaan. Eu estou avisando". Lançou um olhar que me paralisou, mas ninguém pareceu me notar, e o que quer que eu tenha dito se perdeu na confusão de seus braços malhando o peito deles e seu cabelo chicoteando seus rostos. Eles conseguiram pegar quem eles queriam.

Fiquei calado e desarvorado diante da porta durante muito tempo depois que eles se foram.

"Você só *pensa* que a ama, Adriaan", disse Rika suavemente. "Vai chegar o dia, embora você não consiga imaginá-lo agora, em que você não conseguirá se lembrar do rosto dela."

Olhei para Rika, com sua trança elegante cingindo o alto da cabeça, sem um fio de cabelo fora do lugar. "Você não sabe do que está falando."

Vivi dois dias lindos com o bebê no campanário. Várias vezes no dia e ao longo de toda a noite de chuva eu embebia uma ponta do xale de Aletta no leite de ovelha que conseguira com o filho do construtor de moinhos e deixava o bebê sugá-la como eu vira um agricultor fazer com um cordeiro órfão, com seu dedo mínimo na boca do animalzinho. Fiz o mesmo, embora não soubesse como segurá-lo direito. Tentei me lembrar de como Aletta fazia. Quando ele ficava satisfeito, seus braços irrequietos se abriam e seus olhos azuis se entrefechavam, reduzindo-se a pequenas fendas. Ele quase me matou de alegria quando a minúscula mão cheia de covinhas, com unhas semelhantes a pequenas escamas de cera de vela, realizou o primeiro milagre: agarrou meu dedo indicador.

No terceiro dia o bebê parecia apático. Uma fome mortificante o afligia. Enquanto eu o alimentava mais uma vez, a verdade que eu procurara ignorar se impôs: eu tinha que dar o bebê a alguém que pudesse fazer as vezes de mãe. Envolvi-o em panos limpos, acomodei-o, protegendo-o do frio, no cesto escondido no campanário, e saí para procurar alguém. Lembrei-me de que Descartes tivera um filho de uma criada em Amsterdã. Mas Descartes criou o filho como seu. Nenhuma casa em Delfzijl tinha uma pequena tabuleta coberta com tecido vermelho pendurada sob o beiral, anunciando um novo bebê na família, mas que importava? Se desconfiassem que ele era filho de Aletta, ninguém iria querer ficar com ele.

Na refeição seguinte, achei um jeito de fazer escorrer leite do meu dedo na boca do bebê e acho que dessa forma ele bebeu mais, mas o tempo urgia.

Na névoa fria, atravessei a ponte escorregadia do Damsterdiep para Farmsum. Ao longo do caminho, os homens do Departamento de Águas de Delfzijl e de Farmsum estavam avaliando as infiltrações e batendo os pés no chão, e agricultores levantavam ensecadeiras em lugares que ofereciam riscos. Não havia nenhuma tabuleta anunciando a existência de recém-nascidos em Farmsum. Voltei para alimentar o bebê e então tomei a direção do interior, rumo a Solwerd, sob uma persistente garoa, margeando o Damsterdiep, atravessando campos empapados por oito dias de chuva. Lá, os agricultores estavam construindo rampas de terra para os animais e içando víveres com um sistema de roldanas pendentes das vigas das cumeeiras, levando-os para os cômodos dos andares superiores e para o ático dos celeiros. Em Solwerd também não havia avisos de nascimento. Eu teria percorrido todo o caminho até Appingedam, mas Rika me perguntaria por que eu não voltara para a ceia. Alimentei o bebê novamente e voltei para casa encharcado. Como tio Hubert estava em Amsterdã, Rika me pediu que carregasse para o andar de cima o móvel de mogno trabalhado em que ela guardava seus temperos. Mesmo depois de retiradas todas as quarenta e oito gavetinhas, mal consegui carregá-lo, e caí na cama exausto.

Passei a noite inteira acordado, no escuro. Aletta Pieters seria enforcada ao meio-dia, no dia seguinte. Se eu assistisse ao enforcamento, teria que conviver com aquele horror o resto da vida. Se não assistisse, eu a estaria abandonando. Melhor a lembrança que a traição, decidi.

Um enforcamento ao meio-dia com certeza atrairia uma multidão. Assim sendo, se eu comparecesse e fizesse gracejos como os rapazes da aldeia faziam em frente ao Raadhuis, ninguém iria desconfiar. Mas quando o relógio da torre bateu onze horas e a chuva recomeçou, andei até a praça e achei-a vazia. Se eu fosse o único a assistir, certamente descobririam que eu era o pai. Mas não foi por isso que continuei andando. Eu simplesmente não podia suportar olhar de tão perto. Num gesto de suprema covardia, atravessei a praça e subi a torre da igreja. Da grade da janela do campanário dava para ver o Raadhuis, onde eles tinham erguido a forca. Talvez ela levantasse os olhos para onde eu estava.

O martelar da chuva nos telhados atingiu uma tal intensidade que torci para que abafasse o repique do meio-dia. Às onze e meia, as poças d'água tinham se juntado em lagoas, e os homens atravessavam as turfeiras com suas carroças carregadas com enormes esteiras de salgueiro e pranchas de madeira, blocos de turfa e sacos de areia, pás, mourões e lanternas presas a hastes de madeira. A inundação era a preocupação de todos, e ninguém foi ver o enforcamento de Aletta Pieters. Os únicos aldeões que restavam eram o presidente do conselho municipal e o xerife, mulheres tentando levar suas vacas para os andares de cima, meninas carregando roupas de cama, mantimentos e turfa para os sótãos, e meninos pequenos amarrando barcos nas vigas do teto com cordas compridas.

Quando a carroça chegou, ela estava presa com correias a um poste, os braços amarrados ao longo do corpo. Estava sem um fio de cabelo! Uma raiva surda explodiu em minha garganta. Alguém raspara sua cabeça. Já a preparavam para a espuma, deve ter pensado Aletta. Certamente era apenas a mulher do carcereiro que quis ficar com os cabelos, por causa de sua cor estranha, para trançá-los e com eles recobrir fivelas de cintos. Todos os que tentassem trançá-los iriam fracassar. Os cabelos sedosos de Aletta deslizavam, não aceitavam trança.

Sem muito jeito, ergui o bebê para o alto, na minha frente. Sua primeira visão do mundo, pela janela, seria a do enforcamento de sua mãe. Quanto ele teria que aprender! Coloquei um canto do xale de Aletta para fora da janela para lhe dizer que estávamos olhando, e rezei para que ela o visse. Acho que ela endireitou o corpo na carroça naquele exato instante e esticou o pescoço, como se a própria Rika a estivesse olhando. Sua postura não revelava nenhum sinal de que lamentava morrer, ser mandada para a morte. Ela esquadrinhava os céus. Torci para que, apesar do céu sombrio, ela conseguisse ver uma cegonha. Ou uma bolha estourando, sinal de que Deus estava respirando perto dela. A saia cinzenta gotejante estava grudada ao corpo, mostrando a pequena e bela protuberância de seu ventre. Reprimi em mim a coisa mais próxima do amor que conhecia.

A chuva martelava o calçamento da praça, fustigava as janelas e caía formando verdadeiros lençóis. Com certeza todas aquelas janelas em volta da praça tinham rostos estúpidos amaldiçoando a chuva por lhes tirar a visão. O conselheiro Coornhert andava de um lado para outro como um general sob o beiral do Raadhuis, por trás de uma cortina de água. Vamos logo com isso, homem! O mesquinho braço da justiça provinciana. Não faria diferença se a sentença fosse executada mais cedo ou mais tarde do que o previsto. Mas tem que haver ordem. Mesmo que a terra encharcada de água desapareça e que as montanhas se precipitem no mar, a ordem tem que ser mantida. Eles a enforcariam pontualmente ao meio-dia, fazendo-a esperar durante aquela última e miserável meia hora numa chuva de gelar os ossos, com a cabeça raspada. O desamparo de seus lábios inchados e trêmulos devia despertar um pouco de piedade, nem que fosse a piedade de uma morte antes do meio-dia.

Atrás de mim, bem próximo, o grande sino da torre da igreja tocou. O bebê sobressaltou-se em meus braços. Apertei-o um pouco mais. Então o sino ressoou mais uma vez em meu peito, em seu lento e solene passo rumo às doze badaladas.

Será que Aletta atentaria para o efeito conjunto — o ar cinzento de chuva, a forca e, logo atrás, o Raadhuis de pedra nua, de um cinza mais escuro — se ela o estivesse observando de um outro ponto de vista? Será que notaria a água escorrendo pela ponta de seus dedos, prolongando-os em cinzentas raízes líquidas, como mãos de bruxa?

Olhei para suas mãos, só para as mãos, ainda que não conseguisse distinguir onde terminavam os dedos e onde começava a água da chuva. A chuva continuou escorrendo deles até aquele solavanco inconfundível, que eu vi, e sempre haverei de ver, quando seus pés se debateram loucamente, continuaram debatendo-se, lançando longe seus *klompen* e, nos olhos da minha mente, suas mãos sacudiram a água, que logo em seguida voltou a escorrer devagar de suas mãos e de seus pés imóveis, em finos cordões de prata.

Minha alma estremeceu.

Voltei as costas para a janela e inclinei a cabeça sobre o bebê até que o eco da décima segunda badalada se extinguiu. "Pai, dai vossa bênção, dai vossa paz, antes que nos separemos", sussurrei, meu hálito mexendo os leves cabelos do bebê. "A paz que sobrepuja o entendimento, aos nossos espíritos expectantes, mandai."

Com os olhos fechados vi novamente o solavanco, a água arremessada longe, vi seus pés, agitados e depois imóveis.

Alguém que estivesse próximo o bastante para se deixar molhar pela água que espirrou — ela diria — devia contar com uma má sorte relacionada com a água, sendo que a menor delas seria queimar a boca com chá quente, e a maior morrer afogado na inundação que com certeza haveria de vir. A maldição da água salpicada, ela chamaria.

Seguiram-se rápidos repiques de alarme. Acomodei o bebê no cesto, deixei-o na torre e desci aos tropeços pela estreita escadaria, mal conseguindo enxergar, para juntar-me aos aldeões restantes que atravessavam correndo as turfeiras. A chuva de vento alfinetava meu rosto, escorreguei e caí. Ao longo do Damsterdiep as pás dos moinhos tinham parado na posição de alerta.

As cristas das ondas esparramavam-se por sobre os diques do mar em alguns pontos. A morte cinzenta e impessoal estava fustigando o continente. O lobo do mar dos pesadelos de Aletta mostrava os caninos brancos que respingavam sua espuma por sobre o dique. Juntei-me às fileiras de homens que trabalhavam para levantar a coroa do dique com pranchas de madeira. Entre uma prancha e outra, eu jogava barro com uma pá, feito um louco.

No fim da tarde, do lado norte, onde ninguém estava trabalhando, o mar passou por cima do dique e invadiu as turfeiras mais baixas, inundando os fossos. Subimos a rampa do dique para trabalhar acima da linha da água até o momento em que um capitão que estava no estuário manobrou sua chata de modo que seu costado cobrisse a brecha do dique, então pudemos amarrar a chata com cordas e encher as fendas com algas, esteiras de vime e blocos de turfa. Assim o mar rompeu o dique em outro ponto. Fui dominado por uma sensação de fracasso, e por um momento não consegui respirar. Provavelmente o mar estava ganhando ao longo de toda a costa.

Remendamos a outra brecha com um lado do celeiro destruído mais próximo, amarrando-o com cordas aos cunhos do dique, socando-o em seguida com barro. Na luz que se extinguia rapidamente, vi o lugar remendado se arqueando. Durante toda a noite, numa escuridão vítrea, ficamos com os calcanhares apoiados na rampa superior do dique, escorando-o ombro a ombro, nossos braços enlaçados numa cadeia entorpecida e nossas costas pressionando a parede inclinada do dique. Do outro lado, o lobo borrifava água do mar gelada em meu rosto suado, e meus braços ardiam. Fechei os olhos para resistir à dor e imaginei Aletta fazendo um caminho tortuoso para evitar as bolhas das poças. A chuva escorria pela minha nuca e caía sobre a torre da igreja, sobre o Raadhuis, sobre a forca, sobre a cabeça desprotegida de Aletta. Para os lados do interior, eu via uma fileira de fogueiras de sentinela que se estendia em direção norte. Eu as contei, e mais tarde tornei a contar, e quando notei que seu número tinha diminuído, entendi que o mar tinha rompido o dique em algum outro ponto. A região seria inundada. Trovões e raios perversos traziam onda após onda de susto, de descrença e de raiva, até que todo o susto e raiva e descrença foram varridos de mim, restando apenas uma trêmula sensação de fracasso. E o bebê na torre, faminto, chorando noite adentro.

Finalmente pudemos sentir e ouvir que a maré mudara. A água que devia vir, já tinha vindo. Pouco a pouco as formas começaram a emergir, a chuva reduziu-se a uma bruma fina, e houve uma espécie de beleza horrível na aurora silenciosa. Afastando-me do declive, fiquei de pé como um crucifixo, incapaz de abaixar os braços. Na leitosa luz cinzenta, voltei-me e vi que o braço gordo que eu segurara durante toda a noite era do conselheiro Coornhert.

"Você é um bom rapaz", disse ele. "Muito melhor que os da laia daquela moça."

A raiva irrompeu dentro de mim. Quem mais sabia?

A duras penas, consegui um lugar na primeira chalana de volta a Delfzijl. Turfeiras e fazendas estavam todas sob a água. As árvores nuas agora não passavam de ramos. Famílias de cavadores de turfa esperavam em telhados de colmo encharcados ou dividiam galhos de árvores com galinhas. A família de um moleiro amontoava-se no alto do moinho. Grandes e mansos cavalos de tiro de Groningen nadavam silenciosos, sem rumo, sem entender o que se passava. Invejei, por um instante, as dores simples dos animais.

Sem as linhas retas de canais e de valas demarcando as glebas dos agricultores, havia menos marcas humanas na região. A cidade se reduzira. Em Delfzijl, a água inundara os justos e os injustos. Apenas os cômodos mais baixos das casas estavam sob a água. E o assoalho da igreja. O bebê estava a salvo na torre, eu sabia. Fomos flutuando pela praça entre o Raadhuis e a igreja, a água lisa como um prato de estanho, e sobre ela um rato enorme vagava em cima de uma porta de madeira. Um presságio, diria Aletta. Mas a forca e Aletta Pieters tinham sido carregadas pela água.

A casa dos meus tios diminuíra de tamanho, rebaixada pela água, que chegava à altura da janela do andar térreo. Da chalana, subi e entrei pela janela meio submersa e encontrei Rika, molhada da cintura para baixo, na escada, trazendo num braço um vaso do Ceilão, no outro o quadro da menina, ambos adquiridos mandando uma alma para o inferno na terra das Américas. Nenhum ser humano me ligava à casa de Rika, decorada pela opressão, nem àquela cidade que tinha uma justiça tão rápida e tão simples. A redenção adquirida oferecendo pensão, de má vontade, a uma órfã, era fácil demais. Eu precisava voltar a conviver com idéias menos simplistas.

"Você parece..."

"Tenho que ir embora, tia."

"Sim, tem sim. Surpreende-me que você tenha ficado para ajudar."

"Você sabe?"

"A moça some. A comida some. O sobrinho fica fora de casa durante horas. Fica numa igreja vazia como um católico. Eu achava que você ia embora quando eles... ontem ao meio-dia."

"Você sabia que ela estava na igreja e mandou-os ir lá!"

"Para salvar você dela."

"Salvar a mim?"

"Você está livre", gaguejou ela, envergonhada.

Como eu poderia explicar a alguém que pensava dessa forma?

"Rika, preciso de dinheiro."

"Dinheiro?" Ela colocou o vaso num degrau e me lançou um olhar perplexo. "Metade da região está debaixo d'água e você está preocupado com dinheiro?"

"Havia uma outra criança."

Ela deu um suspiro fundo e exagerado, devagar, fazendome esperar pela resposta. "Se eu lhe der alguma coisa você promete levar a criança embora?"

"Você acha que eu iria deixar a boa gente de Delfzijl cuidar dele?"

"Tome isto." Ela estendeu o quadro para mim. "Venda-o em Amsterdã. Vou dar a você o documento do vendedor. Era do que ela mais gostava, apesar das lágrimas." Seu queixo tremia. "Agora não consigo mais apreciá-lo."

"Meus projetos de moinhos?"

"Também os salvei. Estão lá em cima."

"Dê-os ao Departamento de Águas."

Com água pela cintura, segui Rika ao andar de cima e peguei o quadro, o documento, outro cobertor, meus livros e minha mochila, um pedaço de queijo que ela me deu, coloquei tudo no barco de tio Hubert e parti. Ela ficou na janela do andar superior como se numa casa flutuante ou numa arca. "Lembre-se, Rika", disse eu, "quando o Senhor se arrependeu de ter feito o homem, ele mandou o dilúvio."

Subi a torre da igreja, troquei os panos do bebê, alimentei-o, embrulhei-o no xale e no cobertor de Aletta e o coloquei na popa do barco de meu tio para poder vê-lo, apoiei o quadro e minha mochila perto dele e cobri tudo com outro cobertor, formando uma espécie de tenda. Exausto, escapei da cidade de Delfzijl e de suas verdades sujas.

A princípio, o torvelinho da água me dominou, e a corrente do Damsterdiep empurrou-me para trás até eu aprender a reconhecer a agitação que provocava na superfície, passando a navegar próximo das casas de fazenda para evitá-la. Sentia cãibra nos braços e de vez em quando tinha que largar os remos; meus ouvidos doíam por causa do vento frio que soprava.

Mais para o interior, próximo a Solwerd, as águas estavam mais calmas, e o movimento rítmico do barco embalou o bebê, fazendo-o dormir. O vento abriu um espaço entre as nuvens, e o sol lançou um brilho de prata sobre as águas. Depois de Solwerd, a desolação da água espalhava-se numa terrível e falsa quietude. Quando a terra fosse drenada, os campos estariam cobertos de areia do mar, e durante anos o solo ficaria salgado. Todo o orgulho que eu sentia do domínio da natureza pela ciência se acabara. O tempo estava brincando com o homem. Meu moinho de drenagem mais rápido estava anos atrasado, e Aletta e eu estávamos anos adiantados.

"Muito melhor que os da laia dela", não era verdade. Eu não lutara contra nenhum demônio. Eu simplesmente me deixei carregar pela corrente, enquanto ela... Ela nunca se deixou vencer pela covardia e pela autocomiseração. Eu imaginara o amor como uma coisa acessória e não como o eixo giratório central que põe todas as peças em movimento. Eu nunca me deixara impressionar pela força do seu movimento giratório. Tudo o que, na universidade, eu aprendera ser firme e eterno, estava flutuando à deriva, e Deus parecia muito mais inescrutável na longa viagem de volta.

Appingedam também estava sob as águas. Cheguei no meio da tarde. As pessoas tinham saído de barco e estavam recolhendo animais e objetos, antes do anoitecer, que chegava mais cedo. Depois de Appingedam, na aldeia de Oling, duas crianças, debruçadas em uma janela de venezianas vermelhas do primeiro andar de uma casa, acenaram para mim, rindo, e gritaram "São Nicolau! São Nicolau".

"Vocês têm um pouco de leite?", perguntei.

Elas apenas riram. Perguntei novamente e elas desapareceram por trás do peitoril. Acima da água, eu podia ver que a porta, encimada pela abóbada de uma videira sem folhas, fora pintada com uma paisagem rústica, como é costume entre a gente que vive mais ao sul. Pouco depois uma mulher veio até a janela e baixou um balde de madeira e, dentro dele, um vaso de argila com leite. Peguei o leite, agradeci-lhe e remei para detrás de um celeiro, onde não seria visto, e amarrei o barco a uma árvore. Embebi a ponta da aba do casaco no leite e deixei-o escorrer na boca do bebê.

Lamentei não saber nenhuma cantiga de ninar. Todos aqueles sons maternais que se fazem para os bebês — eu não sabia nenhum, e a única coisa que me ocorreu foram as fórmulas litúrgicas de louvor a Deus.

"Louvai a Deus, fonte de todas as bênçãos", cantei suavemente, deixando o leite fluir em sua boca e sorrindo para ele.

"Louvai-o, criaturas da terra."

A mulher não fizera perguntas antes de me passar o leite pela janela. Senti um nó na garganta. As crianças da janela eram felizes. Aquele era o lugar.

"Louvai-o, ó hostes celestiais."

A primeira vez seria também a última que eu iria cantar para meu filhinho. Minha voz abrandou-se num fino assobio.

"Louvai o Pai, o Filho e o Espírito Santo."

Ao anoitecer, um homem chegou de barco à casa, amarrou-o à cumeeira, fez passar pela janela uma galinha que agitava as asas freneticamente, e em seguida entrou pela mesma janela. Vasculhei a mochila procurando um toco de lápis e, no verso do documento do comerciante de arte, escrevi: "Venda o quadro. Alimente o bebê", e embrulhei meu filho, o papel e a folha de repolho no cobertor. Adormeci sentado, embalado pelo cansaço e pelo marulho da água na quilha do barco, acordei na escuridão e coloquei nosso belo bebê no barco do homem, protegendo-o com o quadro e o cobertor, e peguei meus remos.

Quando me pus a caminho, ouvi o barco cutucando a casa timidamente, a pequenos intervalos, como se batesse delicadamente, como uma bênção, e eu sabia que iria remar todo o caminho de volta para Groningen, se fosse preciso, até poder sentir de novo a terra firme sob os meus pés.

E por esse retorno — me pergunto — seria uma blasfêmia agradecer a Deus?

Adriaan Kuypers, Faculdade de Ciência e Filosofia,
Universidade de Groningen, 5 de dezembro de 1747,
véspera do dia de São Nicolau. Chuva durante todo o dia.

Vida serena*

No centro da cidade, na imponente residência de Pieter Claesz van Ruijven no canal Oude Delft, Johannes foi recebido na mesma ante-sala revestida de madeira onde viera oferecer, um a um, todos os seus quadros, ao longo dos últimos dez anos.

"No momento ele está ocupado", disse a jovem criada. "O que devo dizer a ele?"

"Eu estava querendo ver as pinturas."

Ela deixou escapar um risinho curto e rápido. "O senhor? O senhor já não as olhou bastante?" Ela o introduziu no grande saguão. "Vou dizer a ele que o senhor está aqui."

Foi deixado sozinho. Era exatamente o que queria. Seus quadros cobrindo todas as paredes.

Vista de Delft, grande, sozinho e radiante na parede mais distante. A suave quietude natural antes que a cidade acordasse por dentro. A luz como único ator, banhando encantadoramente a distante torre da Nieuwe Kerk e, ao longe, os telhados

* No original inglês, *still life*, que também significa natureza-morta. (N. T.)

cor de laranja da cidade. No primeiro plano, os muros da cidade, as portas de Schiedam e de Rotterdam, e até os barcos de pesca de arenque, todos parados, mais escuros, sob uma nuvem, ainda adormecidos. Naquela paz momentânea, alguma outra pessoa sentiria a graça de Deus? Olhando a pintura daquela distância, ele a apreendia em seu conjunto, imediatamente. Andar em direção a ela como se se aproximasse da cidade o excitou. Ele nunca experimentara aquela sensação na pequena sala do andar superior, do outro lado do rio, que ele alugara para pintar a vista.

Oh, estar naquela sala novamente. Em seu silêncio dadivoso. Agora ele pintava na sala principal da residência abarrotada de sua família, situada na praça do mercado. Onze crianças estavam sempre correndo pela casa, os *klompen* ressoando nos ladrilhos do piso. Os meninos gritando suas batalhas imaginárias. As meninas brigando por causa das tarefas domésticas. A tosse angustiante da pequena Geertruida. O bebê chorando. A turbulenta taverna de sua mãe, bem ao lado, e Willem, seu cunhado bronco, no corredor, fazendo exigências absurdas em altos brados.

Ansiava por sossego. Qualquer ruído inesperado poderia fazê-lo dar uma pincelada no ângulo errado; e então a luz não iria incidir corretamente nos sulcos deixados pelos fios do pincel; ele teria que sobrepor outra pincelada. Com a nova camada de tinta, o erro iria se destacar na superfície circundante, apresentando uma elevação correspondente à espessura de um fio de seda. E aquilo ele não podia dissimular. Toda vez que olhasse, lá estaria o erro, sua presença gritante. Falhas como aquela poderiam paralisá-lo, se ele descobrisse alguma naquele dia.

Em vez de buscar as falhas, vasculhou a pintura procurando lugares de esplêndida exatidão, marcas da competência de seu pincel. Aqui, bem pertinho, havia consolo na maciez vítrea do teto de ardósia azul da porta de Rotterdam, a exatidão na textura de areia de seu empastamento nas telhas do primeiro plano. Sim. Mas não seriam apenas sucessos acidentais?

Alguma coisa no grande hall parecia diferente. Olhou em volta. Ah! Pieter deslocara a *Pequena rua* para perto da *Vista de Delft*. Ele gostava daquela proximidade, a querida e tranqüila banalidade da *Pequena rua* perto da grandeza da cidade inteira. Sentia, como um frêmito, a necessidade absoluta e surpreendente da janela vermelha naquela ruazinha, e a intimidade das figuras que seguiam tranqüilamente suas vidas. Uma menina ajoelhava-se no meio-fio, de costas para o observador, de forma que seu vestido grosseiro castanho-amarelado se inflava na parte de trás, como uma abóbora enorme e etérea. Aquilo mais uma vez o deleitou muitíssimo. Ele vira suas próprias filhas naquela mesma posição, completamente absortas e contentes.

Mas será que o mundo desejava mais uma pintura de pessoas vivendo tranqüilamente suas vidas? Será que outra pintura poderia resolver o problema da falta de comida na mesa de sua família?

Atrás dele soaram tacões de botas no piso de mármore. Voltou-se e perguntou: "Como vão as coisas, Pieter?".

"Muito bem. Muito bem."

"A cervejaria?"

"Muitíssimo bem. Subindo tão bem quanto a espuma de uma boa cerveja." Pieter ofereceu-lhe um copo de vinho de uma garrafa branca em forma de bulbo. Jan levantou a mão para recusar. "Quer dizer então que você começou a pintar um novo quadro e veio me falar dele para me seduzir?"

"Não, ainda não há nenhuma nova pintura. Estou tentando decidir."

"É só você pegar uma de suas filhas ou a sua Catharina novamente, fazê-la sentar-se, e pintar. Seu pincel fará o resto."

Jan bufou ruidosamente, exprimindo a graça que achava na simplicidade de Pieter.

"Eu sei que você pensa ser necessário encarnar alguma verdade", disse Pieter sorrindo, num ritmo exageradamente arrastado. "Ou então pelo menos que o quadro nos dê alguma compensação pela dureza da realidade."

Para que uma pintura dissesse alguma coisa que ele considerasse verdadeira, era preciso reflexão, às vezes meses de inatividade aparente. Não podia se forçar a descobrir verdades. Mas podia se entregar a uma pintura ou a um tema com dedicação e ardor, como a menina debruçada no meio-fio, que se aplicava de corpo e alma ao que estava fazendo. Agora, porém, estava hesitante diante de qualquer tema que se apresentasse, recriminando-se pelo pecado de egoísmo se decidisse continuar.

"Um homem tem tempo apenas para um certo número de quadros em sua vida", disse Jan. "É melhor que os escolha com todo o cuidado."

"Você o fará. Eu sei disso. Você gosta de me fazer esperar."

Jan riu gravemente, sabendo que aquilo era uma brincadeira. Sentia que estava lutando contra a idéia de ingressar num universo alheio à pintura, que ele não tinha bem certeza se podia chamar de vida. Sempre que estava prestes a concluir um quadro, sentia um vergonhoso medo de retomar contato com as realidades da casa e da família. Quando estava trabalhando com todo o empenho numa pintura, sua família se distanciava e se perdia numa bruma, mas entre uma pintura e outra, ela se lhe impunha como uma pesada responsabilidade.

"Apareceu a oportunidade de entrar no negócio de seda com um primo", disse Jan. "Conheço um pouco do assunto. Meu pai era tecelão de seda."

Pieter acendeu o cachimbo de porcelana curvo. Por entre a fumaça, sua expressão se tornou grave. "Você sabe que tem outro compromisso."

Sim, ele sabia. Os duzentos florins que Pieter lhe adiantara por conta da venda dos dois próximos quadros, fosse para o próprio Pieter, fosse para outra pessoa. Mas agora ele precisava de mais duzentos. "Eu sei, eu sei. Estou procurando um tema."

"Não estou me referindo à dívida. Refiro-me a um compromisso mais profundo. O compromisso do talento."

Sim, fale sobre isso, disse ele para si mesmo. Convença-me. Ele olhou a brilhante luminosidade do amarelo-ocre banhando as mãos da *Moça lendo uma carta junto a uma janela aberta*. "Para que o mundo precisaria de mais uma pintura de uma mulher sozinha numa sala? Ou de uma centena de outros quadros?"

Era um risco dizer aquilo. Talvez ele tivesse cometido um erro, mas ansiava por uma resposta de Pieter que eliminasse sua própria insegurança, aquela companheira sombria que se deitava toda noite entre Catharina e ele, exacerbando a necessidade de segurança e de alegria que lhe seriam proporcionadas pelo trabalho na próxima pintura.

"O mundo ainda não tem consciência de todas as suas necessidades", disse Pieter. "Mas vai chegar um tempo em que outra pintura sua de uma mulher perto de uma janela terá alguma utilidade."

"Mas o custo..." E ele não se referia ao preço que iria pedir. O custo seria para sua família. O custo era para Catharina, que nunca o tivera inteiro só para ela. Qualquer momento de intimidade que esperava ter com o marido era invadido pela intimidade deste com a pintura. O custo era para sua pequena Geertruida, que, por falta de um casaco de inverno e de um aquecimento adequado, sofria de uma doença persistente. Toda pintura, todo mês que ele deixava de trabalhar na venda de tecidos, custava alguma coisa a sua família.

"Então, se não veio aqui para me falar de um novo quadro, então para que foi, mestre Jan?"

"Eu..." De repente, aquilo que realmente viera perguntar coagulou-se em sua língua e ele não pôde exprimir. "Eu só vim para examinar as pinturas."

"Quando quiser, meu bom homem." Pieter deu-lhe tapinhas nas costas. "Quando quiser. O saguão está aberto para você. E agora, se me dá licença..." Dirigiu-se à porta dupla e então se voltou. "Pinte, Johannes, pinte."

Jan assentiu e sorriu para Pieter. Ninguém a não ser um outro pintor poderia saber da extrema delicadeza necessária para equilibrar as complexidades, para manter a realidade sob controle e permanecer no íntimo do próprio trabalho. Tinha consciência de que sem isso ele só existiria na periferia da arte, um mero pintor provinciano. Produção escassa, admiradores escassos.

Um por um, ele apreciou cada um de seus quadros, um total de nove naquela parede, bebendo neles, como um homem sedento, o leite dos sentidos. Deixou-se imbuir da placidez de A *leiteira*. A sala humilde com a vidraça quebrada, a parede esburacada e os pedaços de pão. A dignidade e a importância de sua ação, entornar o leite, tão real que quase se podia ouvi-lo cair na tigela de argila marrom. Sim. E ele representou as dobras das mangas sem variar a tonalidade das cores, como todo pintor fazia, mas graduando a espessura da camada de tinta. No dia em que descobriu aquilo, percebeu que nunca mais pintaria telas da mesma forma. Aconteceu poucos dias depois do nascimento de um bebê, talvez Francis, ou quem sabe Beatriz, e ele estava ardendo de entusiasmo com uma maravilha tão remota que não podia dividi-la com Catharina. Aquela descoberta, por si só, deveria convencê-lo a continuar, mas isso não acontecia. Agora, mergulhado na melancolia de encontrar-se entre duas pinturas, e ansiando febrilmente pelo momento em que o novo quadro se lhe apresentasse, ele reconhecia: sua descoberta não o convencia a continuar.

Algum tempo depois, naquela mesma tarde, voltou para casa passando pelas oficinas abertas próximas do canal Oostyende, procurando alguma coisa, ele sentia, mas sem saber ao certo o que procurava. Passou por um fabricante de velas de sebo que estava mergulhando uma fieira de pavios num barril fumegante. Passou por um seleiro, um ferreiro, um moveleiro; um pisoeiro feltrando tecidos numa cuba de madeira; um entalhador goivando madeira por trás de pilhas de *klompen* e de relógios, tigelas de madeira e colheres; um pintor de faiança aplicando o mesmo moinho de vento azul, o mesmo salgueiro a pilhas de pratos. Todos visivelmente contentes com suas bigornas, tinas ou bancadas. Não sentiu afinidade com nenhum deles.

Pensou em seu pai anos antes, inclinado para a frente, suspendendo os fios de seda urdidos com a ponta da lançadeira para reproduzir os finos padrões de seus desenhos no tecido adamascado. Aquilo lhe dera alguma satisfação?

A rápida batida de tamancos de madeira nas pedras do calçamento soou numa esquina. Antes que pudesse parar, uma jovem se chocou contra ele, a saia ondulando.

"Magdalena!"

"Pai!"

"Aonde você vai com tanta pressa?"

"Aos muros da cidade", disse ela, ofegante. "Mamãe disse que eu podia. Já fiz minhas tarefas e o senhor não estava lá, por isso não era preciso ficar cuidando das crianças para não fazerem barulho. Logo vou para casa. É só para olhar."

"Eu sei. Eu sei que você gosta de olhar." Com seus leves cabelos castanhos, soltos, sem tranças — ela saíra de casa sem boina —, impelidos para trás e erguidos pela brisa, ela parecia etérea.

"Venha comigo, pai. Oh, por favor. De lá a gente pode ver tantas coisas!" Seu corpo inteiro fremia, antegozando aquele momento.

Ele sorriu àquela insistência e balançou a cabeça. Ele já jogara boliche com os meninos no gramado naquela manhã porque eles tinham pedido, disseram que ele prometera, e era verdade. Mas a tarde já ia avançada e ele tinha que cuidar da vida. "Qualquer dia desses eu vou. Procure chegar em casa antes do pôr-do-sol." Quando ela se voltou, ele notou que os saltos de seus tamancos estavam gastos, reduzidos a finas lâminas desiguais.

A forma como ela perguntara, transbordante de entusiasmo e esperança, fora exatamente igual àquela com que pedira, no inverno passado, que ele a levasse para andar de trenó e ele dissera não, e naquela semana a temperatura aumentou intempestivamente, fazendo com que o gelo se quebrasse, e eles perderam a oportunidade. Ficara aflito e desolado. Vivia angustiado porque, quando o solicitavam, estava sempre sobrecarregado. Pensou vagamente em voltar e alcançá-la, mas continuou andando, fazendo um caminho tortuoso que lhe permitiu passar sob as frondes marchetadas das limeiras que margeavam os canais.

Evitou a praça do mercado porque tinha uma dívida com o padeiro Hendrick. No dia anterior, a carta de advertência de Hendrick lembrando o montante da dívida o tinha chocado, quatrocentos e oitenta florins. Tinha uma dívida de mais de um ano com um artesão do mercado. E havia outras dívidas na mercearia e na loja de roupas. E agora aqueles calçados gastos lançavam-no no abismo do desespero.

Conduzido por algum fio misterioso, achou-se em Mols Laen. Ficou um pouco na casa e na loja de seu primo, sentiu-se aliviado por ele estar ausente, depois atravessou rapidamente o mercado de turfa, em direção à Esquina dos Papistas no Oude Langendijck, onde morava sua sogra, a aristocrática matrona Maria Thins. Diante da porta de carvalho encerada, pensou nos tamancos gastos de Magdalena, e então levantou a aldrava de prata. Perguntou imediatamente, sem maiores rodeios diplomáticos: ela poderia adiantar-lhe duzentos florins por conta da venda de seu próximo quadro?

Ela fixou o olhar em algum ponto por sobre seus ombros, como se alguma coisa inanimada situada atrás dele, uma rachadura na parede ou o virginal decorado, merecesse mais sua atenção. Era sua maneira de fazê-lo sentir-se um mendigo, ainda que ela lhe devesse muito, embora não se tratasse de dinheiro. Em muitas ocasiões ele livrara seu estúpido filho Willem da justiça, quando este fazia escândalo na praça do mercado. Mais de uma vez Willem tinha abaixado as ceroulas e gritado com sua própria irmã Catharina, quando ela o encontrou ali. Ele, Jan, teve que intervir inúmeras vezes para acabar com brigas no Mechelen, a taverna de sua mãe, ali do lado, e quase sempre Willem era a causa do conflito. Não obstante isso, Maria Thins o fazia sentir-se indigno. Ele continuava a olhá-la de frente. Mesmo dentro de casa ela usava rubis nos lobos das orelhas distendidas.

"Agora estou começando a ser conhecido em Delft", disse ele.

"Por quem? Um cervejeiro? Um padeiro? Você tem alguma encomenda? Não. Algum painel de igreja?"

"Claro que não. As igrejas reformistas holandesas não encomendam pinturas a artistas que se converteram ao catolicismo romano."

Ele percebeu o leve recuo do queixo, que lhe acentuou a papada. Fora ela quem exigira sua conversão, inclusive com confirmação do bispo, como condição para que ele se casasse com Catharina, e ele aquiesceu, mesmo sabendo dos possíveis efeitos negativos sobre sua carreira.

"Fui eleito presidente da Guilda de São Lucas", disse ele.

"Foi o que ouvi dizer. Parabéns. Isso lhe rende algum dinheiro?" Os ossos finos das costas de sua mão se erguiam e desciam enquanto ela tamborilava com os dedos cheios de jóias na tapeçaria que cobria a mesa à sua frente.

"Um pouco. Mas pode ser que daí saia mais alguma coisa."

"Pode ser. Pode ser. Enquanto isso Catharina está esperando um bebê."

"A menos que seu filho não a tenha feito abortar. Ele correu atrás dela brandindo um bastão na praça do mercado na semana passada. Agora ela não sai de casa."

"Sinto muito, Jan. Willem sempre foi insubordinado e ciumento."

"Foi muito mais do que ciúme. O homem é perigoso. Se não para os outros, pelo menos para si mesmo. Como pode defendê-lo se ele também a atacou?"

Ela passou a mão na têmpora, como se forçasse a memória. "O que eu posso fazer? Ele aprendeu isso com o pai."

"E o que *eu* posso fazer?"

"Se você quer que sua família tenha mais do que umas poucas rosquinhas de desjejum, deve abandonar a pintura. Você devia se empregar numa cerâmica. Com certeza, agora com sua nova posição na guilda, alguma cerâmica vai querer empregá-lo como pintor de faiança. Você ainda vai poder transformar seu pincel em florins. Em batatas, em *hutspot* e pão. Em cobertores e botas para seus filhos", continuou ela.

Pratos e mais pratos. Ele os imaginou empilhados, formando uma parede diante dele. Seus joelhos fraquejaram e desviou o olhar para as coisas que havia na sala. Sempre se sentia profundamente comovido pela força expressiva de objetos numa sala. Um cântaro dourado sobre um pano de mesa estreito, com motivos vermelhos, como se num altar, refletia uma dezena de tonalidades, do escarlate ao amarelo-ouro. Ele amava as linhas retas e vigorosas que se erguiam da sólida base e a volutuosa curva da asa.

"É um belo cântaro", disse ele. "Você tem outro que eu pudesse usar só por algum tempo? Gosto da forma como o pano se reflete no ouro. Talvez eu possa pintar..."

"Leve-o. Leve-o. O pano também." Ela os dispensava e Jan sentia que também ele estava sendo dispensado. "Por que Deus me deu um genro desses? Filho e genro, ambos irresponsáveis. Ambos dementes."

"E o adiantamento?"

"Vou pensar. Não posso prometer. Willem fica furioso quando pensa que estou dando dinheiro a você e começa a quebrar coisas. Ele não se esqueceu do último empréstimo. Acha que vou fazer uma grande doação no batizado. Mas eu não posso. Os aluguéis de Beijerlands estão atrasados."

"Pensei que se ao menos tivesse dinheiro para alugar um pequeno ateliê eu não seria interrompido e poderia produzir mais."

"Eu disse que vou pensar."

A caminho de casa, carregando o vaso embrulhado no pano, sentiu uma dor nauseante e vazia tomando-o com o cair da noite. Tinha que encarar Catharina sem um centavo. Naquela noite diria a ela que iria trabalhar em outra coisa. Uma desgraça pedir trabalho numa cerâmica. Nunca mais seria considerado um artista depois disso. Apenas um artesão. Melhor fazer uma coisa totalmente diferente. Iria trabalhar para o primo, vendendo tecidos. Começaria no dia seguinte. Só por uns dois anos. Talvez menos, se as coisas dessem certo. Interromper sua parca continuidade seria desastroso para o trabalho. Seria um grande atraso.

Jan ouviu gritos quando ainda estava a algumas casas da sua. Os vizinhos se aglomeravam na porta de sua casa. Entrou correndo. Na sala principal encontrou seus filhos gritando, Geertruida e o bebê gritando e Willem batendo em Catharina com um pedaço de pau. Ela caíra em sua roda de fiar e estava encolhida no chão, encostada nela, tentando proteger seu filho ainda por nascer. Num acesso de fúria, Jan bateu na cabeça do cunhado com a base do cântaro. Willem ficou aturdido em ver que Jan conseguiu empurrá-lo para longe de Catharina, acertando-lhe um soco no estômago. Willem caiu, destruindo um cavalete. Jan o chutou, torceu-lhe o braço e se sentou sobre ele.

"Francis, traga cordas. Tudo o que tiver. Maria, Cornelia, ajudem sua mãe." Enquanto Willem ainda estava tonto, Jan o amarrou pelas mãos e pelos pés a uma cadeira de encosto reto, e amarrou a cadeira na escada. Então viu o pedaço de pau. Tinha um prego em uma das extremidades. "Johannes, vá chamar Van Overgeau, o homem que endireitou seu braço. Lembra-se? Quatro casas mais adiante. Na direção da igreja. Onde está essa Magdalena? Beatrix, chame sua avó Maria. Pegue uma lanterna, filho. Está ficando escuro."

A sala girava em torno do prego até ele ouvir sua mulher sussurrar às meninas mais velhas: "Estou bem. Estou bem", já minimizando o problema, por causa das crianças. Afinal de contas ele era seu tio, ela haveria de dizer. Jan tomou o pano úmido da filha mais velha e limpou o braço de Catharina, no ponto em que o prego deixara um sulco comprido e profundo.

"Como isso começou?"

"Ele já entrou furioso."

Willem mexeu-se e começou a gritar alguma loucura sobre uma megera. Jan amordaçou-o com o pano vermelho e voltou para perto de Catharina, recriminando-se por sua própria negligência. Se ele estivesse em casa, não teria acontecido aquilo. Contendo o próprio remorso, passou o pano úmido no rosto e no pescoço de Catharina.

"Estou bem", disse ela.

"Mas e a criança?"

Uma atmosfera estranha, um ar de desordem espalhava-se por toda a casa. A cadeira espanhola de pernas para o ar, a roda de fiar quebrada, seu quadro *Cristo na casa de Maria e de Marta* pendente da parede e deformado, a toalha de mesa fora do lugar, tigelas de argila quebradas no chão, a sopa das crianças derramada, o berço de madeira balançando, e seu ocupante, esquecido, ainda chorando sem que ninguém o atendesse — toda a ordem daquele universo subvertida. O berço, ainda balançando por ter sido atingido no meio do tumulto, fazia um ruído ritmado. A paisagem urbana que ele pintara no lado do berço, um ensaio para a *Vista de Delft*, ora ficava na luz, ora ficava na sombra, e novamente na luz. Passou-se muito tempo antes que ele se levantasse para fazê-lo parar. O berço vivera mais que o bebê para o qual foi feito, a avó dele, um fato que agora o enchia de espanto. Como as coisas podem viver mais que as pessoas.

Colocou o bebê no ombro, sentindo a maciez dos cabelos em seu rosto. Balançando devagar, acalmando-o, aspirou o doce cheiro de leite da criança, sentiu a boquinha querendo sugar seu pescoço.

Van Overgeau chegou imediatamente para examinar Catharina e fazer um curativo, mas Maria Thins deixou Jan esperando tempo suficiente para que ficasse bem claro que não estava nem um pouco apressada. Quando ela chegou, com o branco do olho bem à mostra, correu para a cama de Catharina.

"Estou bem, mãe."

Jan falou sem rodeios a Maria Thins: "Posso chamar os agentes da justiça e colocá-lo na prisão, ou então podemos, nós mesmos, interná-lo numa casa de correção particular".

As narinas de Maria tremeram, os olhos moveram-se, descontrolados. "Qual?"

"A de Taerling."

Willem contorceu-se violentamente, forçando a corda que lhe passava pelo peito, e tentou falar.

Ela hesitava. Jan levantou o pedaço de pau com o prego para mostrá-lo a Maria. "É melhor do que um hospício público."

A expressão de seu olhar era de pavor. Num instante, a situação se invertera: era ela quem tinha uma imensa dívida com ele. Às lágrimas, incapaz de olhar para seu filho amordaçado e lacrimoso, ela balançou a cabeça, aquiescendo. Antes que ela pudesse mudar de idéia, Jan pediu a um vizinho que fosse chamar Taerling. "E diga-lhe que traga algemas."

Jan e Catharina passaram a noite em estado de muda perturbação. No dia seguinte ela perdeu o novo bebê. Enquanto Catharina não se recuperou, Jan ficou ao lado dela dia após dia. Sentindo-se impotente, ele lhe trazia caldo numa xícara, e consertou sua roda de fiar. E todas as noites, durante uma semana, ele acordava cambaleante com os gritos de Geertruida — que chorava por causa de pesadelos —, segurava seu corpo quente e úmido até que o leite quente e a proteção de seus braços a acalmassem e ela voltasse a dormir.

Logo as outras crianças recomeçaram suas violentas brigas e discussões. Portas batiam. Crianças que estavam fora queriam entrar. As que estavam dentro queriam sair. Os dois meninos menores, Francis e Ignatius, passaram a imitar o que viam, e simulavam lutas em que quebravam cabeças com canecas de madeira, davam pontapés na barriga e amarravam os que tinham desmaiado. Disputavam para ver quem seria papai e quem seria o tio Willem, a caneca era puxada para um lado e para o outro até a luta se tornar real. Jan gritava para que eles parassem.

Ele concordou em supervisionar a internação de Willem na casa de correção. Ser o guarda de seu cunhado lhe pareceu uma forma espúria de ganhar o reino dos céus. Será que não podia entrar nele por meio da pintura? Sentia sua vida escoando-se.

Maria Thins emprestou-lhe trezentos florins. Não era o mesmo que ganhar dinheiro com sua arte, mas lhe dava algum tempo. Pagou o bastante para aplacar o padeiro e o merceeiro, comprou calçados novos para as crianças, pagou uma prestação do trenó a vela e comprou tabletes de pigmento e terebintina veneziana. E então acabou.

Se pelo menos ele pudesse trabalhar mais rápido. Pinte, Johannes, pinte, ele dizia a si mesmo. Porém, se trabalhasse mais rápido, como poderia produzir pinturas baseadas em profunda contemplação, a única maneira pela qual se podem entender as coisas vivas? E as coisas que ele pintava — um cesto de pão, um cântaro, um estojo de jóias, um balde de cobre — não eram todas vivas?

Certo dia, quando triturava um tablete de azul-ultramar num almofariz, apreciando a intensidade do azul tão rico quanto lápis-lázuli, ouviu um tumulto na sala principal. Sua segunda filha. Magdalena. Que já não tinha idade para isso. Logo que ele entrou, ela parou de gritar. O medo de fazer qualquer movimento aquietou todo mundo, mesmo Ignatius. Bendito silêncio, rompido pelo barulho da cadeira de Magdalena deslizando no chão, quando ela fez um movimento para afastar-se do pai.

Logo ela levantou o rosto e o fitou, as faces róseas de vergonha. O pesar que embaçava seus olhos o abrandou. Ela estava de pé, diante dele, como se fosse uma dádiva de Deus. O tecido azul de sua túnica tinha as ondulações de um céu encapelado. Havia alguma coisa naquela menina que ele nunca conseguira entender, uma vida interior inescrutável para ele. Ele se assustava com os vôos da imaginação dela, sua paixão insaciável por estar sempre correndo para algum lugar, sua intensa vida interior. Ah, poder imobilizá-la por um momento, o bastante para pintá-la, para a eternidade.

Era possível pintar em sã consciência o que ele não entendia? O que ele nem ao menos sabia?

"Sente-se."

Pintar era a única maneira de pelo menos tentar conhecê-lo.

A cadeira arrastou-se novamente quando ela a deslocou para sentar-se na mesa de canto perto da janela.

Seus olhos, de um pálido azul-cerúleo. Como ele nunca notara? O rosto não era bonito; a expressão turbada, embora contida — por sua causa, pensou ele. Representá-la com honestidade, mais que com orgulho ou meramente com amor, ir além da pintura de sentimentos conhecidos, mergulhando no mistério — esse era o desafio que ela lançava ao pai. Seu senso de dever aumentou, renovou-se, como Pieter dissera. A janela aberta refletia o rosto dela e, numa vidraça, a imagem de sua face brilhava luminosa como se mesclada com a poeira de pérolas trituradas. Ele abriu a janela mais alguns centímetros, depois menos, ajudando-a num determinado ângulo. Uma aragem mexeu nos cabelos soltos de sua fronte.

"Se você ficar aí, vou pintar você, Magdalena. Mas só se você parar de gritar." Seus olhos se arregalaram e ela contraiu os lábios para evitar um sorriso que poderia se transformar em palavras. Jan trouxe a cesta de costura, colocou-a sobre a mesa e pensou na grata e humilde história do objeto, escolhido que foi por Catharina entre as muitas cestas que havia nas prateleiras de um comerciante. Ele deslocou o copo de leite de Geertruida para o raio de luz, aquele copo que alguém lavara no dia anterior, e no outro dia. Colocou o cântaro dourado próximo do copo, ligeiramente mais atrás. Ele cintilava à luz do sol, refletindo o azul da manga de Magdalena. Não. Ele o retirou. Era belo, mas havia mais verdade sem ele. Colocou no colo de Magdalena a camisa de seu irmão, que estava sem botões. Ajeitou os ombros dela, e sentiu-os contraírem-se, depois devagar começaram a relaxar sob suas mãos. Ajeitou a blusa e a boina branca de linho, feita por Catharina. A mão dela descansara na camisa, com a palma para cima, os dedos delicados levemente dobrados. Perfeito. Não estava ocupada em fazer nada. Qualquer gesto pretendido fora esquecido, e a mão permanecera, portanto, em absoluta paz.

Num movimento súbito, sua mulher avançou para levar o copo de leite de Geertruida.

"Não, deixe-o, Catharina. Bem aí, sob a luz. Ele faz todo esse canto se banhar com a ternura da vida simples."

Enquanto arrumava aquelas coisas sentia um prazer que seu egoísmo certamente não merecia. Recuou um passo e respirou mais devagar, e o que viu, iluminado por ardentes películas de mel e de ouro, foi a placidez de uma pausa nos trabalhos das mulheres, pouco reconhecidos, que santificam o lar. A serenidade daquele dia, pensou, seria tudo o que ele haveria de conhecer do reino do céu.

O olhar de Magdalena

No fim da tarde, quando Magdalena terminou de lavar as roupas e a mãe lhe deu permissão para sair, deixou apressada sua casa perto da Nieuwe Kerk, atravessou a praça do mercado, passou pela padaria de Van Buyten, cruzou duas pontes de pedra sobre o canal, passou pela oficina do ferreiro, chegando à Kethelstraat e à muralha da cidade, e foi subindo, um a um, os degraus dela, que eram de pedra ocre e todos à altura de seu joelho, para finalmente chegar ao seu recanto preferido em toda a Delft, a guarita redonda. Daquela grande altura, oh, quanto podia ver. Se ao menos pudesse pintar o que via. De um lado, a porta de Schiedam e, para além dela, as torres gêmeas da porta de Rotterdam, navios com velas de formas estranhas, da cor de casca de ovo avermelhado, chegando ao grande rio Schie, vindos do mar; de outro, faixas de plantações de batata, com arados de madeira estendendo sombras no solo como longos dedos, e pomares, fileiras de formas verdes arredondadas — arrumadinhas como, pelo gosto de sua mãe, a vida de seus onze filhos haveria de ser —, a fumaça das olarias e, para além de tudo isso, ela não sabia. Ela não sabia.

Ficou ali olhando, olhando, ouvindo atrás de si o rangido e o martelar do moinho de vento do sul, que girava como seu coração ao vento do mar, e sentindo o odor da água salina que viera ter ali de outras costas. Logo ali embaixo, o Schie estendia-se como uma faixa amarelo-clara ao longo dos muros da cidade. Quanto mais distante ela olhava, mais o rio parecia espelhar a cor do céu. Batidos pelo vento, os barcos ao longo dos cais do Schie, com seus prendedores retinindo e seus ventres ocos batendo de leve uns contra os outros, produziam uma espécie de música chocalhante e suave que ela amava. Não era apenas naquele dia. Ela amava a guarita sob qualquer tempo. Quando via a chuva salpicando o mar cinzento e fazendo cintilar a ponte de pedra, sentindo seus frios fios de água no rosto e nas mãos, ela não cabia em si de contentamento.

Magdalena se moveu para um recorte no muro e então uma rajada de vento levantou sua saia. Os homens que estavam na ponte esperando com suas trouxas para ir para o mar gritaram alguma coisa em palavras que ela não entendeu. Ela nunca contava a sua mãe. A mãe não gostava que ela fosse àquele lugar. Estava sempre cheio de homens fumando, dissera a mãe. Havia algo de sombrio em sua voz, como se ela achasse que Magdalena devia sentir medo, mas ela não queria sentir aquilo naquele momento, nem ali.

Lá no alto, bem acima da cidade, ela tinha desejos que ninguém de sua família imaginava. Ninguém nunca haveria de saber, pensou ela, a menos que, quem sabe, uma alma os lesse em seu rosto, ou ela própria tivesse coragem de falar deles. Anseios que tinham o poder de lhe cortar a respiração. Alguns eram maiores, mais palpitantes, alguns meras centelhas de luz dourada, efêmeras como a luz dos pirilampos, mas vividas intensamente. Ela desejava que suas tarefas terminassem logo para ter tempo de correr até os muros da cidade todos os dias antes do jantar, ou ir a Oude Kerk tirar as folhas caídas no túmulo de seu irmão. Queria que suas irmãzinhas não chorassem tanto, e que os meninos não perturbassem o pai com suas brigas e discussões, nem corressem, aos gritos, pela casa. Seu pai também queria isso, ela sabia. Queria que não houvesse tantas tigelas para lavar, treze a cada refeição. Queria que seus cabelos brilhassem como linho à luz do sol na praça do mercado, como os da pequena Geertruida. Queria poder viajar numa carruagem que atravessasse as fronteiras de todos os países representados no mapa de seu pai.

Queria que o merceeiro não a tratasse tão mal quando via em sua mão apenas três florins para pagar uma dívida que se elevava a centenas, tanto quanto sabia. Queria que ele não gritasse; o bafo de alho ia direto às suas narinas. O padeiro, Hendrick van Buyten, era mais delicado. Já por duas vezes ele aceitara que seu pai lhe pagasse com um quadro, de forma a poder iniciar uma nova contagem. Às vezes ele lhe dava um pãozinho doce ainda quente para comer no caminho de casa. E às vezes colocava um pouco de mel no pãozinho. Queria que o merceeiro fosse como ele.

Ela queria que o pai levasse com mais freqüência o trenó a vela para o Schie. Ele comprara um muito bonito com uma grande vela branca. "Oitenta florins", resmungou a mãe. "Melhor seria guardar o dinheiro para comprar pão e carne para todo o inverno." Nos domingos de inverno, quando o tempo estava claro e ele se achava no período entre o final de um quadro e o começo de outro, fazia-o deslizar, puxando-o pelo vidro branco do canal. Ela nunca conhecera tal velocidade. O vento frio e cortante soprava vida, esperança e excitação em seus ouvidos e em sua boca aberta.

Lembrava-se de ter desejado — em certa manhã em que o pai misturou alvaiade com uma minúscula gota de massicote para a pena da cauda do ganso na pintura da mãe escrevendo uma carta — que algum dia tivesse alguém a quem escrever, que pudesse escrever no fim de uma carta cheia de amor e de notícias "Amorosamente tua, para sempre, Magdalena Elisabeth".

Ele pintava a mãe muitas vezes, e uma vez pintara Maria; cobriu sua cabeça com um manto dourado e os ombros com um xale de cetim. Ela era mais velha, tinha quinze anos, mas a diferença era só de onze meses. Deve ser divertido vestir-se como Maria se vestira, usar brincos de pérola e deixar que o pai a coloque na posição certa, mas a coisa de que mais gostava mesmo era que o pai olhasse bem para ela e prestasse atenção.

Mas acima de todos aqueles desejos, havia um, mais ardente, que ofuscava todos os outros. Ela queria pintar. Sim, eu, pensava ela, debruçando-se sobre a muralha de pedra. Eu quero pintar. Isto e todas as coisas. Daquele ponto de observação, o mundo se tornava tão vasto. Lá em cima, a beleza era mais do que cores e formas — era amplidão, luz, o próprio ar, e, por causa disso, parecia intocável. Se ao menos o ato de desejar a tornasse capaz de fazê-lo. O pai apenas deu um sorriso estranho quando ela lhe disse que queria pintar, como se ela tivesse dito que gostaria de singrar os mares, o que, naturalmente, ela também queria, para poder pintar tudo o que visse. Quando disse aquilo, que queria pintar, a mãe lhe enfiou nas mãos a cesta de costura com as roupas a remendar.

Ela costumava ficar num canto da sala observando-o trabalhar. Como ele estava sempre pedindo silêncio, enquanto as crianças corriam pela sala rindo e gritando, ela não fazia muitas perguntas. Mas de qualquer modo ele raramente respondia. Ainda assim, ela observava a quantidade de óleo de linhaça que o pai usava para diluir o azul-ultramar, e observava-o aplicar a mistura sobre uma camada vítrea de marrom-avermelhado. Por mágica, a mistura fazia o vestido que estava pintando mais quente que o azul da paleta. Ele não deixava que ela o acompanhasse ao sótão, onde triturava o massicote, mas pedia que ela fosse à farmácia comprar pequenos tabletes de massicote e óleo de linhaça. Sempre havia dinheiro para isso, mas ela não sabia o que responder quando o farmacêutico perguntava pelos florins dos remédios comprados para o irmão, agora falecido.

Se ao menos ela pudesse ter as próprias tintas e pincéis. Não pintaria apenas figuras de mulheres em quartinhos acanhados. Ela as pintaria em áreas abertas, nos mercados, curvadas nas plantações de batatas, conversando na porta à luz do sol, em barcos no Schie, ou rezando na Oude Kerk. Ou então pintaria pessoas patinando, os pais ensinando patinação aos filhos no Schie congelado.

Os pais ensinando os filhos. O pensamento a fez parar.

Olhando da guarita uma nuvem que escurecia o rio, ela sabia, como sabia que sempre haveria remendos a fazer, que não seria daquela forma. Cansara-se de tanto desejar, e voltou-se para ir embora. Tinha que estar em casa para ajudar a preparar o jantar.

Num dia primaveril que começou sem nada de especial, salvo por ela ter subido os muros da cidade na tarde do dia anterior, e o fato de que, em toda a Delft, as limeiras às margens dos canais se cobriam de folhas amareladas, e a luz, passando por elas, as tornava ainda mais amarelas, exceto no ponto em que uma folha se sobrepunha a outra, ficando mais escura — naquele dia de primavera, erguendo-se de algum lugar desconhecido e incriado, irrompeu um grito. "Eu odeio remendar", gritou ela para as paredes, para a mãe, para todos. "Fazer isto é não fazer nada."

O pai entrou na sala, olhou para a mãe e lançou um olhar severo a Magdalena. Era tarefa sua manter as crianças quietas para não incomodá-lo, ou pô-las para fora de casa, e lá estava ela, fazendo barulho. Ninguém se mexeu. Até as crianças ficaram quietas. A princípio ela olhou apenas para as mãos do pai manchadas de pigmento de azul-ultramar, não para os seus olhos, surpreendida demais pelo eco de sua própria voz para animar-se a fazer mais um desafio. Ela o amava, amava o que ele fazia com aquelas mãos, e mesmo, ela imaginava, amava o que ele amava, embora não tenham falado disso. Quando aquele pensamento a fez erguer os olhos para os seus, ela viu sua expressão abrandar-se, como se a tivesse visto na casa dele pela primeira vez. Ele a conduziu até a mesa próxima à janela, trouxe a cesta de costura, colocou em seu colo a camisa de seu irmão sem botões, ajeitou a cadeira, abriu a janela, um pouco mais, depois menos, e descobriu que em determinado ângulo a vidraça refletia o rosto dela. "Se você ficar aí costurando, vou pintar você, Magdalena. Mas só se você parar de gritar." O pai ajeitou os ombros dela, e suas mãos, que a tocaram por um momento, estavam quentes através da musselina de sua túnica e pareceram acalmá-la.

A mãe precipitou-se para pegar o copo de leite de Geertruida.

"Não, deixe-o, Catharina. Deixe-o aí na luz."

Durante dias ela ficou sentada ali, quieta o mais que podia, para atender o pai, mas mesmo assim costurando um pouquinho sempre que podia, para agradar a mãe. Naquela atmosfera de imobilidade, todas as coisas em sua linha de visão tocavam-na profundamente. A tapeçaria em cima da mesa, a cesta de costura, o mesmo copo enchido a cada dia no mesmo nível, o mapa-múndi cor de âmbar na parede... uma fibra vibrava em seu coração ao sentir que aquelas coisas que ela tocara, que se tornaram tão familiares para ela quanto sua pele, iriam ser olhadas, admiradas, quem sabe até amadas pelos que apreciassem a pintura dele.

Nos dias ensolarados as vidraças da janela resplandeciam à sua frente. Como jóias derretidas em quadrados planos, pensava ela. Cada uma delas era ligeiramente diferente em sua leve cor transparente — marfim, pergaminho, o mais claro dos vinhos e a mais desmaiada das tulipas. Ela queria saber como o vidro era fabricado, mas não perguntou. Aquilo o atrapalharia.

Do outro lado da janela, o mercado trepidava com a venda de maçãs, toucinho, vassouras e baldes de madeira. Ela gostava dos carregadores de queijo com seus chapéus vermelhos de abas planas e suas roupas impecavelmente brancas. As pranchas amarelas curvas, com os queijos empilhados em perfeita ordem, suspensas com cordas entre as duplas de carregadores, projetavam sombras marrons nas pedras do calçamento. Duas pranchas colocadas diagonalmente entre os carregadores dariam uma bela composição, com as formas curvas e repetidas dos queijos. Ela colocaria um pequeno entregador empurrando seu carrinho de bacalhau cor de prata ao fundo, contra o edifício da guilda, e talvez no primeiro plano um casal de pombos cinza-lavanda comendo migalhas. O carrilhão da Nieuwe Kerk batendo as horas soava como algo profundo em seu peito. Tudo isso é banal, menos para mim, pensou ela.

Durante todo aquele mês ela não falou. A ocasião era importante demais para ser perturbada com palavras. O pai disse que continuaria a pintá-la desde que ela não gritasse, então se mantinha calada. Seu peito doeu como uma leve ferida quando percebeu que seu silêncio não despertava nele nenhum momento de reflexão ou curiosidade. Quando Magdalena olhava para o pai com o canto do olho, não sabia dizer o que ela significava para ele. Pouco a pouco foi se dando conta de que ele a olhava com o mesmo interesse com que olhava o copo de leite.

Talvez porque ela não fosse tão bonita quanto Maria. Sabia que seu queixo era saliente e que os olhos aguados e sem graça eram separados demais. Tinha um sinal na testa que sempre procurava esconder puxando bem a touca. E se ninguém quisesse a pintura? O que aconteceria? Seria por culpa sua, porque não era bonita. Queria que ele dissesse alguma coisa sobre ela, mas tudo o que ele comentava, não diretamente para ela, mas antes para si mesmo, era como a luz do sol branqueava sua touca na fronte, como a sombra na nuca refletia o azul de sua gola, ou como o marrom-amarelado da saia acentuava o vermelho de Veneza das dobras. Nunca era ela mesma, lamentava consigo mesma, apenas alguma coisa à sua volta que ela não fizera e para a qual ela nem mesmo contribuíra de forma consciente. Outro desejo que nunca se realizaria, ainda que vivesse para sempre, ela percebeu então, era que ele, ou mesmo outra pessoa, a olhasse com amor e não como motivo artístico. Se duas pessoas amam a mesma coisa, ela pensou, então devem gostar uma da outra, pelo menos um pouco, ainda que nunca o digam. Não obstante, como ele pintava com tamanha concentração, e visto que ela o olhava com reverência, procurava mostrar-se calma para ele quando olhava para a janela; quando ela viu a tela, porém, o que ela pretendia ser serenidade parecia mais melancolia.

O quadro não foi comprado por Pieter Claesz van Ruijven, o cervejeiro, que adquiria a maioria dos quadros de seu pai. Ele o viu, mas ignorou-o, preferindo um outro. Sentiu-se tão desgraçada naquela noite que não conseguia falar. A pintura ficou pendurada sem moldura na cozinha externa, onde as crianças menores dormiam. Finalmente a família teve que deixar os aposentos do Mechelen, na praça, indo morar em outros menores, com a avó Maria, em Oude Langendijck. O pai parou de levar o trenó a vela ao Schie, na verdade vendeu-o. Agora ele raramente pintava, as salas eram tão atulhadas e escuras, os meninos menores barulhentos, e alguns anos depois ele morreu.

Quando ela o banhou pela última vez na cama, os dedos dele já frios, veio-lhe um pensamento que só por vergonha deixou de expressar: daria uma bela pintura, uma recordação, a filha com uma toalha e com uma bacia representada em azul à beira da cama, as mãos cobrindo as dele, a esposa exausta na cadeira espanhola segurando um crucifixo, pai e marido com olhos vítreos, já contemplando uma outra paisagem. Ele pintava todo mundo, mas não havia ninguém ali para pintá-lo, para fazer que fosse lembrado. Ela ansiava por fazer isso, mas a tarefa lhe dava medo. Faltava-lhe a arte, e aquele que poderia tê-la ensinado nunca se dispôs a isso.

Embora ela tivesse pedido à mãe as tintas e pincéis do pai, esta os vendeu à Guilda de São Lucas. Aquilo ajudou a pagar uma dívida. Quando a mãe adoeceu de desgosto, Magdalena teve a idéia de levar o quadro a Hendrick van Buyten, o padeiro, porque sabia que ele lhe queria bem. Ele o aceitou, junto com outro de uma jovem tocando uma viola, como pagamento de uma dívida de seiscentos e dezessete florins e seis centavos, correspondentes ao fornecimento de pão por mais de dois anos. Ele sorriu para ela e lhe deu um pãozinho.

Um ano depois, ela se casou com um seleiro chamado Nicolaes, o primeiro homem a prestar atenção nela, um trabalhador dedicado cujos poros cheiravam a couro e a graxa, que lhe ensinou um prazer que não o dos olhos; logo ela notou, porém, que era um homem sem nenhuma imaginação. Eles se mudaram para Amsterdã e ela passou vinte anos sem voltar a ver a pintura.

Em 1696, pouco tempo depois que sua única filha a sobreviver, Magritte, febril e banhada em suor, deu o último suspiro em seus braços, Magdalena leu no *Amsterdamsche Courant* sobre um leilão público de cento e trinta e quatro quadros de vários artistas. "Muitas importantes obras de arte pictóricas", dizia a nota, "inclusive vinte e um dos mais vigorosos e mais bem realizados trabalhos pintados pelo falecido J. Vermeer de Delft, serão leiloados em 16 de maio, à uma hora, no Oude Heeren Logement." Faltava só uma semana. Ela pensou em Hendrick. Claro que não se podia esperar que ficasse com os quadros para sempre. O dela devia estar entre eles. Aquela possibilidade a fez passar noites em claro.

Ao entrar na galeria em que se faria o leilão, foi dominada novamente pelo mais intenso de seus desejos — fazer um registro não apenas do que via, mas também de como via. A distância que percorrera desde então, e daquilo tudo não resultara nem um filho! Perturbou-se ao se perguntar, involuntariamente, para que tinha vivido. Querer não fora o bastante. Será que fora um erro não ter pedido a ele que lhe ensinasse? Talvez não. Se ela tivesse buscado agir de forma que, finalmente, com ajuda, pudesse pintar, isso faria mais duros aqueles anos em que seus filhos nasceram e morreram. Mas então o nascimento e a morte teriam sido pintados e a dor teria sido representada. Teria tido uma finalidade. Teria sido bastante — dizer a verdade na arte?

Ela não sabia.

Voltar a ver tantas pinturas do pai era como andar por uma avenida de sua infância. A janela cor de mel, a cadeira espanhola, o mapa que ela contemplara, devaneando, pendurado na parede, o cântaro dourado da avó Maria, as pérolas e o casaco amarelo da mãe — eles lhe inspiravam tanta reverência agora que sentia que todos eles tinham alma.

E de repente lá estava ela na tela, emoldurada. Seus joelhos fraquejaram.

Hendrick não o guardara para si. Mesmo gostando dela, não o guardou.

Pareceu-lhe que era quase uma criança, olhando pela janela em vez de fazer seus remendos, como se pelo mero ato de olhar pudesse enviar seu espírito ao mundo. E aqueles sapatos! Ela os esquecera. Como gostava das fivelas, achava que elas a tornavam uma lady. No final ela gastara toda a sola, mas naquela ocasião, novinhos em folha, as fivelas reluziam na tela, cada uma com um ponto de luz dourada. Uma onda de alegria lhe subiu pelo corpo.

Não, ela não era bonita, admitia, mas havia uma simplicidade em seu semblante jovem que sabia ter sido gasta pelos anos, uma plácida melancolia no corpo inclinado para a frente, um desejo na intensidade do olhar. A pintura mostrava que ela ainda não sabia que as vidas se acabam abruptamente, que muito da vida é repetição e separação, que os botões estão sempre por pregar, sem embargo do afinco com que trabalhamos a linha, que coisas boas mal chegam a acontecer. Ainda era uma mulher dominada por desejos, e desejou que Nicolaes tivesse vindo com ela para vê-la naqueles dias em que se maravilhava na guarita, quando a vida e a esperança eram novas e plenas de possibilidades, mas ele não vira razão para fechar a oficina por causa de um capricho.

Ficou ansiosa, com a respiração suspensa, quando sua pintura foi anunciada. Suas mãos fecharam-se com força sobre os vinte e quatro florins que tinha no bolso, parte deles tomada de empréstimo a duas vizinhas, outra parte tirada secretamente da caixa em que Nicolaes guardava dinheiro para a provisão de couro. Foi tudo o que conseguiu reunir, e não ousou pedir mais. Ele acharia aquilo uma tolice.

"Vinte", disse um homem à sua frente.

"Vinte e dois", disse outro.

"Vinte e quatro", disse ela, tão alto e rápido que o leiloeiro tomou um susto. Será que ele notou alguma semelhança no rosto dela? Ele não esperou uma outra oferta. A pintura era dela!

"Vinte e cinco."

Seu coração se partiu.

O resto foi uma confusão de sons. O quadro finalmente foi comprado por um homem que ficara trocando idéias com a mulher o tempo todo, o que ela interpretou como um sinal de que iria para uma boa família. Quarenta e sete florins. A maioria das pinturas foi vendida por muito mais, mas quarenta e sete era um bom preço, pensou ela. Na verdade, por um momento aquele valor a encheu do que lhe ensinaram ser o pecado do orgulho. Então ela pensou em Hendrick e foi tomada de uma enorme tristeza. Quarenta e sete florins menos a comissão do leiloeiro não chegava nem perto do que sua família lhe devia.

Seguiu o casal sob a garoa do Herengracht, querendo apresentar-se a eles, apenas trocar umas poucas palavras, mas depois deixou que se afastassem. Agora seus dentes estavam em muito mau estado, e eles eram pessoas de posses. A mulher usava meias. O que iria lhes dizer? Não queria dar a impressão de que esperava ganhar alguma coisa deles.

Afastou-se devagar ao longo de um muro de pedra que brilhava iridescente, e o chão molhado refletia o azul de sua melhor roupa. Logo se formaram poças d'água, mudando o azul-celeste para azul-ultramar, o tom de azul preferido do pai. A chuva leve salpicava a água verde-escura do canal, formando uma renda delicada e negra, e ela se perguntava se a água já fora pintada daquela forma, se a vida de uma coisa tão insignificante como uma gota d'água podia ser apreendida e oferecida ao mundo numa pintura, e se o mundo prestaria atenção nela.

Pensou em todas as pessoas, em todas as pinturas que vira naquele dia, não só nas do pai; na verdade, em todas as pinturas do mundo. Os olhos delas, a posição particular de uma cabeça, a solidão, o sofrimento ou o pesar eram tomados de empréstimo por um artista para serem vistos por outras pessoas através dos anos, pessoas que nunca as veriam face a face. Pessoas que iriam ficar tão perto dela, pensou, na verdade a uns poucos metros de distância, olhando, olhando, e nunca haveriam de conhecê-la.

ESTA OBRA FOI COMPOSTA PELO ACQUA ESTÚDIO EM ELECTRA, TEVE SEUS FILMES GERADOS NO BUREAU 34 E FOI IMPRESSA PELA DONNELLEY COCHRANE EDITORA GRÁFICA EM OFF-SET SOBRE PAPEL PÓLEN BOLD DA COMPANHIA SUZANO PARA A EDITORA SCHWARCZ EM JANEIRO DE 2002